U0601628

Ru

漂

[加拿大] 金翠 著 梁彦 译

海天出版社（中国·深圳）

图书在版编目（CIP）数据

漂 / (加) 金翠著；梁彦译. — 深圳：海天出版社, 2015.7

ISBN 978-7-5507-1368-0

Ⅰ.①漂… Ⅱ.①金…②梁… Ⅲ.①长篇小说—加拿大—现代 Ⅳ.①I711.45

中国版本图书馆CIP数据核字(2015)第094529号

版权登记号　图字19-2015-041

Ru
Kim Thúy
© 2009, Éditions Libre Expression, Montréal, Canada
All rights reserved
Current Chinese translation rights arranged through
Divas International, Paris

巴黎迪法　国际版权代理
(www.divas-books.com)

漂
PIAO

出 品 人	陈新亮
责任编辑	胡小跃
责任校对	陈少扬
责任技编	蔡梅琴
封面设计	蒙丹广告

出版发行	海天出版社
地　　址	深圳市彩田南路海天综合大厦　(518033)
网　　址	www.htph.com.cn
订购电话	0755-83460293(批发)　83460397(邮购)
设计制作	深圳市龙墨文化传播有限公司（电话：0755-83461000）
印　　刷	深圳市华信图文印务有限公司
开　　本	889mm×1194mm　1/32
印　　张	5.75
字　　数	80千
版　　次	2015年7月第1版
印　　次	2015年7月第1次
定　　价	29.80元

写给我的中国读者

我的外曾祖父来自中国广东省潮州市湘桥区磷溪镇。十八岁的时候,他只身来到越南湄公河三角洲的美获。没有人确切知道他是徒步还是坐船而来。不过,直到现在,在越南人的口语中,在越的华人还被称为"người tàu",意思是"船民"。在那里居住了三代之后,我也成了"船民",幸运的越南"船民"中的一个——从惊涛骇浪中侥幸生存下来,并在加拿大获得了第二次生命。

加拿大是个双语国家,我居住的魁北克是个法语省份。在定居蒙特利尔的最初十年,我不得不集中精力学习,掌握法语和英语。然而,开始在大学里修读翻译的时候,我选择了中文作为第三语言——如果算上我十岁之前说的母语越南语,那应该是第四语言了。我的梦想是最终能找到一个交换学习的项目，有机会去中国读书和生活。我不记得我为什么对地球那端的这个国家情有独钟，也不明白我怎么能一坐好几个小时，几百遍地反复书写同样的汉字而不觉得枯燥。我的朋友说，我找到了新"爱"，而我觉得，那不仅仅是爱 ——中国血统始终存在于我的基因之中。

　　大学毕业之后，我没有机会去中国旅行。生活对我另有安排。我成了律师，然后做了妈妈；再之后，一个很偶然的机会，我有幸成为作家。即使在最狂野的梦想中，我也无法预见我的文字会变成书，更不能想象，有一天，它能够以中文出版。而命运兜兜转转，又回到了原点。在漫长的旅程之后，《漂》终于把我带回了我的祖先生活的土地。

　　感谢本书的编辑胡小跃以及译者梁彦，让我梦想成真。

金 翠

2015年4月于蒙特利尔

在法语中，"ru"的意思是"小溪"，可引申为"流动（眼泪、鲜血、金钱）"①。

而在越南语中，"ru"的意思是"摇篮曲"、"摇晃"。

————————

① 见《小罗贝尔历史词典》。

春节攻势①期间，我来到了人世。那是一个
猴年的年初。一串串爆竹挂在屋檐下，"噼
啪"作响，伴随着机关枪的"嗒嗒"声。

我是在西贡见到人间的第一道阳光的。在
那里，爆竹炸成无数碎片，像樱花的花瓣，染红
了地面；又像两百万阵亡士兵的鲜血。他们被派
往、分散到每一个乡村和城镇，当时的越南已被
撕成两半。

我出生的那一刻，天空中弥漫着爆竹的烟
雾，装点着花环灯饰，还有呼啸而过的火箭和导
弹。我出生的使命是替代已经逝去的生命，人生
的职责是延续我母亲的生命。

———————

① 越南战争中的一场大规模地面战斗。1968年1月底，北
越的军队以及游击队对南越的部队和美军发起全面进攻，
成为越战的转折点。

我 叫阮安静（Nguyễn An Tịnh），我母亲叫阮
安景（Nguyễn An Tĩnh）。我的名字就是
我母亲名字的一种变形，唯一的区别是"i"下
面的注音标志，它让我们有所区别，区分开来，
也把我们分开。越南语中，她的名字意思是"和
平的景致"，我的名字意思是"平和的内心"。
这两个几乎可以互换的名字，让我母亲更加确
信，我是她人生的续集，会继续演绎她的故事。

越南的历史，惊心动魄的历史，打乱了我
母亲的计划。三十年前，在偷渡暹罗湾的那一
刻，历史就粗暴地把我们名字上的注音标记扔
进了汹涌的波涛之中，剥夺了我们名字原本的含
义，把它们简化成陌生的发音——对讲法语的人
来说，那只是一些奇怪的音节。具体来说，我十
岁的时候，延续母亲人生的使命就结束了。

由于流亡，我的孩子们从来就不曾是我的生命或是历史的延续。他们分别叫做帕斯卡尔和亨利，看上去也不像我。他们头发的颜色比我要浅一些，白皮肤，浓睫毛。凌晨三点，他们匍匐在我胸前吸吮，我却体会不到期待中作为母亲的喜悦。直到度过许多不眠之夜，洗了无数脏尿片，看到他们出其不意绽开的笑容，感受到突如其来的欣喜，我母爱的天性才慢慢苏醒。

直到那时，我才真正理解在逃难的轮船上，坐在我对面的那位母亲的爱。她怀抱着的婴儿，头上长满疥疮，散发着恶臭。好几个昼夜，那个画面就定格在我眼前。船上只有一个小灯泡，悬挂在船舱上方一枚生锈的钉子上，发出毫无变化的微弱光亮。在船舱底部，你无法分清是白天还是夜晚。这缕持续的光亮保护着我们，把我们与无边的大海和广阔的天空隔离开来。坐在甲板上的人们告诉我们，大海与蓝天之间没有界限。没有人知道我们是驶向天堂还是会葬身海底。天堂与地狱同时拥抱着我们的船身。天堂，承诺人生的转折，一个崭新的未来，一段新的历史；而地狱，却展示出我们的恐惧，害怕海盗，害怕饿死，害怕吃了被机油泡过的饼干中毒，害怕断水，害怕再也站不起来，害怕在一只只手传递过来的红色尿壶里撒尿，害怕婴儿头上的疥疮会传染，害怕再也无法踏足陆地，害怕再也无法看到父母的脸庞——他们正坐在黑暗里的什么地方，消失在两百个陌生人当中。

我们的船半夜从迪石①海边起锚，此前，大多数乘客只害怕一件事情：北越。这也是他们逃离的原因。可当船只被清一色的蓝色天际所环绕，这种恐惧就变成了一头百面怪兽，锯掉了我们的双腿，让我们不再感到肌肉因长久不动而导致的麻木。恐惧中，我们被吓得一动不敢动。头上长疥疮的婴儿的尿水溅在我们身上，我们不再闭起眼睛；旁人呕吐的臭味不再让我们捂住鼻子。我们麻木了，被四周这个人的肩膀或那个人的大腿压得动弹不得，被内心的恐惧所禁锢。我们彻底瘫痪了。

恶臭弥漫的船舱里，人们都在说，有个小姑娘，在船边行走时失去平衡，掉进了大海。这故事像是麻醉剂或是欣快剂，让船舱里唯一的灯

---

① 迪石，越南西南部的港口城市。

泡成了北斗星，让在机油里泡过的饼干成了奶油甜点。机油的味道停留在我们的喉咙里、舌头上、脑海中，让我们随旁边一位妇女哼着的摇篮曲昏昏睡去。

我父亲曾经打算，一旦全家被北越部队或是海盗捕获，他就用氰化钾让我们像睡美人一样长眠不醒。此后好长一段时间，我都一直想问他，为什么没有考虑过由我们自己来选择，为什么要夺走我们生存的可能性。

自己做了母亲之后，我便停止了这种追问。荣医生是西贡当年非常有名望的外科医生，他曾告诉我，他是如何安排自己的孩子们逃亡的：五个孩子，一个接一个，从五岁的小女儿到十二岁的大儿子，分别在不同的时间被送上了五艘不同的难民船。他把他们送到海上，远远地躲开可能面临的灾难。他以为自己肯定会死在监狱里，因为他被指控在做手术的时候杀死了几名共产党同志，可实际上，那些人从未踏足他的医院。他把孩子们送到海上，指望能挽救其中一两个的性命。我是在教堂的台阶上碰到荣医生的，

他冬天为教堂扫雪，夏天为教堂打扫卫生，以感
谢神甫们替他承担起父亲的责任——养大了他的
五个孩子，直到他们成人，直到他们的父亲走出
监狱。

医生们告诉我，我儿子亨利将封闭在自己的世界里；他们诊断说，他属于那样一类孩子，尽管不聋不哑，却听不见我们说话，也不会向我们诉说。必须远远地爱着他们，不可以抚摸，也不可以亲吻，甚至不可以冲他们微笑，因为我们皮肤上的气味，声音的强度，头发的质地，心脏的跳动，都可能让他们的某个感官觉得受了骚扰。听到这个消息，我没有哭喊，也没有啜泣。亨利能够说出"梨"这个字，声音圆润，感情饱满，可他或许永远也不会甜甜地叫我一声"妈妈"。他永远也不会理解，他第一次朝我微笑时，我为什么泪如雨下。他也不会知道，他的任何快乐对我来说都像是恩赐，我会一直跟自闭症斗争下去，即便我知道，我永远战胜不了它。

还没开战，我就已经败了，感到浑身赤裸，无还手之力。

在米拉贝尔机场，透过飞机舷窗，平生第一次看到大片雪地的时候，我也感到自己一丝不挂——至少是没穿衣服，虽然我明明穿着动身来加拿大前，在马来西亚难民营买的橘黄色的短袖套头衫；还在外面套了件越南妇女编织的松针毛衣，可我还是觉得自己是赤裸的。我们几个人一起扑向窗口，嘴巴微张，一副惊讶的表情。在没有光的地方待了那么久，如此雪白、如此纯洁的景色只会令我们头晕目眩，眼前发黑，欣喜若狂。

四周不熟悉的问候声，还有巨大的冰雕都让我吃惊。桌子上摆满了小吃、冷盘和美味的小点心，颜色一个比一个鲜艳。那些食物我全都叫不上名字，可我知道，这是一个快乐的地方，一个梦乡。我就像我儿子亨利一样，不聋也不哑，却说不出也听不见。我失去了参照点，不会再做梦，无法想象未来，生活在当下却体会不到。

我在加拿大的第一位老师，陪伴着我们七个年龄最小的越南学生，走过了通向当下的那座桥。她像是母亲照料自己的早产儿一般细心，看护着我们移植的过程。她胖鼓鼓的臀部，走起路来缓缓摇摆，让人看着很放松；还有她的脊背，丰腴而宽厚，我们都被她迷住了。她像只母鸭，在前面带路，让我们跟着她走进天堂。在那里，我们重新变成了孩子，单纯的孩子，被色彩、绘画和鸡毛蒜皮的小事所包围。我将永远对她心怀感激，因为她给了我作为移民的第一个愿望：像她那样，屁股上有能颤动起来的脂肪。我们这些越南人，谁都没有如此丰满、如此圆润、如此随意地呈现出来的曲线，而全都棱角分明、瘦骨嶙峋、线条生硬。所以，当她在我面前弯下腰，握住我的手，对我说"我名叫玛丽－弗朗丝，你呢"时，我眼睛一眨不眨，重复着她说的每一个音节，甚至不需要明白她在说什么，因为我已经被笼罩在她身上的安详、明亮的光线，还有淡淡的香水味儿弄得晕乎乎了。她说的话，我一个字也不懂，我只听到了她声音里的韵律，而这就够了，足够了。

回到家里，我鹦鹉学舌般把那些发音学给我父母听："我叫玛丽－弗朗丝，你呢？"他们却反问我是不是改名字了。那一瞬间，我才被拽回到现实，一下子成了聋子和哑巴，所有的梦想都消失了，让我看不到未来，遥远的未来。

我的父母也同样无法想得更远。他们懂法语，却因此失去了进入移民初级法语班的资格——他们被除名了，这也意味着，我们一家无法得到每星期四十加元的政府补贴。对移民法语课程来说，他们的水平太高了，可无论申请什么工作，他们的资历又太低。他们无法看清自己的未来，于是就替我们，替他们的孩子们展望起未来。

为了我们，他们不在意自己擦了多少块黑板，清洗了学校里多少个马桶，或是送了多少个外卖的春卷。他们只看着我们的未来。我和弟弟们追随着他们的目光，走向他们梦想的目标。可我也遇到过一些父母，他们对孩子的期盼已经破灭，有些消失在海盗的淫威之下，有些消失在劳改营里——不是战争期间的战犯营，而是战后和平时期的集中营。

小时候，我以为战争与和平是相对立的。然而，在越南战火纷飞的时候，我却生活在平和中；直到放下武器，我才真正体会到战争。我现在相信，战争与和平实际上是一对盟友，它们在嘲笑我们。只要它们高兴，就把我们当作敌人戏弄一番，全然不顾我们给它们下的定义或是安排给它们的角色。我们或许不应该过于注重它们身上的标签，并因此左右我们的看法。我是个幸运儿，无论周围时局如何变化，我的父母一直内心坚定。我母亲在西贡读八年级的时候，看到黑板上写的一句话，她后来经常引用："生活是一场战斗，悲伤会把你击垮。"

母亲毫不悲伤地开始了她迟来的第一场战斗。她在三十四岁的时候第一次找到了工作，先是当清洁工，然后在加工厂、生产线和餐馆打工。以前，在已经失去的生活中，她是省长大人的长女。她所要做的，就是在家里的后院平息法国厨师和越南厨师之间的争执；或是当调解人，处理女仆与男仆之间的秘密恋情；要不然，就是花一整个儿下午做头发、化妆、换上礼服，陪我父亲去参加社交活动。由于有过极为奢华的生活，所以她什么梦都敢做，尤其是关于我们的美梦。她想让我和弟弟们成为音乐家、科学家、政治家、运动员、艺术家，通晓多国语言，她还要这些梦想全都实现。

然而，在远方，血依然在流淌，炸弹依然在落。于是，她教我们像仆人那样弯腰跪下。每天，她让我清洗四块地板，还要摘二十根豆芽菜——把根部一个个摘掉。她是想让我们对可能出现的灾难有所准备。她这么做是对的，因为很快，我们就失去了立足之地。

在 马来西亚难民营的头几个晚上，我们睡在
红土地上，身下连块垫子都没有。国际红
十字会在和越南接壤的几个国家修建了难民营，
收留从海上偷渡来的幸存者。而在偷渡过程中消
失的人，他们连名字都没留下，成了无名的死难
者。我们侥幸逃过一劫，抵达了陆地。在原本只
能容纳两百人，现在却挤进两千人的难民营里，
我们深感自己得到了上天的眷顾。

在难民营的偏僻角落，小山坡的一侧，我们搭起了简易小屋。有好几个星期，五个家庭的二十五个成员同心协力，偷偷在附近的树林里折下树枝，把它们铺在松软的陶土上，然后用六块胶合板固定住，做成一大块地板，再在上面盖上蓝色的帆布，电光蓝、塑料蓝、玩具蓝。我们的运气不错，找到了足够的麻布袋和尼龙米袋，不但围出了房间的四壁，还围出了公共浴室的三面墙。这两项工程放在一起，看上去像博物馆里某位当代艺术家的装置作品。晚上，我们一个个紧挨着躺下，即便不盖被子也不觉得冷。但白天，蓝色塑料布会吸收外面的热量，小屋里的空气令人窒息。我们于是在屋顶放上树干和树枝帮着降温。可到了雨天，无论白天还是夜晚，雨水都会顺着被树枝刺破的小洞，从屋顶滴下来。

如果哪位舞蹈编导曾在这样的塑料帐篷里

住过一个雨天或雨夜，他肯定能在作品中重现这个场景：二十五个人，不管高矮，都站在地上，手上拿着锡皮罐头，接着屋顶上落下来的水柱或是雨滴；如果是音乐家，他会听到雨水敲打在罐子上而发出的交响乐；如果是一位电影人，他会捕捉到我们这群不幸者之间沉默而自发的默契所带来的那种美。可惜，只有我们站在逐渐陷入泥土的地板上。三个月之后，地板倾斜得实在太厉害了，我们不得不另找地方，这样，睡着的女人和孩子就不会动不动就滑到旁人圆滚滚的肚子上了。

那些夜晚，尽管我们的梦想在倾斜的地板上碎了一地，我母亲依然对未来抱有很大的期望。她还找到了一位同道。他很年轻，当然也很幼稚，在空虚无望的日子里，竟然轻松愉快，乐呵呵的。他和我母亲一起开设了英语课。每天早上，我们都和他在一起，重复自己并不理解的词汇。可我们都会去上课，因为他能为我们撑起一片天，让我们隐约看到新的地平线，远离被难民营两千多号人填满的大粪坑。没有他的面孔，我们永远无法想象还会有一个没有苍蝇、臭虫以及臭味的未来；没有他的面孔，我们也无法想象将来有一天，能不用再吃每天傍晚扔给我们的配给粮食——通常是不新鲜的鱼；没有他的面孔，我们肯定会失去伸出双手、追逐梦想的渴望。

可惜的是，我的临时英语教师给我上了那么多个早上的课，我却只记得一句话：我的轮船号码是KG0338。最后，我连这句话也没有派上用场，因为根本就没机会说话，甚至在接受加拿大代表团身体检查的时候也没有。负责检查的医生一句话都没有对我说，只拉开我裤子的松紧带检查我的性别，而不是问我：男孩儿还是女孩儿？碰巧这两个字的英文我都会说。我想是因为我们都瘦得皮包骨头，十来岁的男孩和十来岁的女孩看上去差不多；而且时间紧迫——还有那么多难民在铁皮屋门外等待检查。体检室既狭小又闷热无比，窗子是打开的，却正对着汲水处，每天有几百只水桶在水泵旁发出"哐啷哐啷"的碰撞声。我们浑身长满疥疮和虱子，看上去全都不知所措、失魂落魄。

其实，我一向话很少，有时候干脆一言不

发。在整个童年时期，表姐少楣是我的发言人，我只是她的影子：我们同龄，都是女孩儿，可她的脸是光明的，而我却阴郁、幽暗而寡言。

母亲总希望我开口说话，要尽快学会法语，还有英语，因为我的母语不仅不够用，而且毫无用处。在魁北克①的第二年，她把我送到了英语军校，告诉我，这样就可以免费学习英文了。她错了，那可不是免费的。我付出了代价，代价还不小呢！班上大约有四十个军队学员，全都人高马大，精力充沛。再加上他们是十几岁的大男孩了，在进行军风细节检查的时候，比如领口折得是否整齐，贝雷帽角度是否恰当，军靴是否擦得锃亮，他们是很把自己当回事儿的。年长的学员对年幼的学员呼来喝去。他们玩战争游戏，做许多荒谬的事情，却不明白其中的含义。我完全不懂他们，更不懂为什么教官一直翻来覆去吼着我身边男生的名字。我猜，他或许是希望我记住这男生的名字吧，他的个

---

① 魁北克，加拿大东部的法语省份。

头有我两倍那么高。我的第一堂英语对话课是这样结束的，我跟他道别时说："再见，王八蛋。"

母亲常常让我陷入极尴尬的境地。搬进我们住的第一座公寓以后，有一次，她让我到楼下的杂货店买糖。我去了，但是没有找到糖。母亲让我再去一次，还反锁上了门："买不到糖就不要回来！"她忘了，我当时还是聋子和哑巴。我坐在杂货店门口，直到打烊，直到店员拉着我的手，把我带到放糖的货架前。他明白，即使"糖"这个字，对我来说也充满了苦涩。

在很长一段时间里，我都认为，母亲不断地把我推入窘境，从中获得巨大的快乐。直到有了自己的孩子，我才明白，我早就应该看到她站在门背后，双眼紧贴着猫眼；也早就应该听到，当我坐在台阶上抽泣时，她在给杂货店打电话。我后来还明白，毫无疑问，母亲对我寄予很大的希望；更重要的是，她给了我工具，教会了我如何扎下根，追逐自己的梦想。

在加拿大的第一年，格兰比小镇像个热乎乎的肚子庇护着我们。当地人轮番招待我们。学校里，我们年级的学生排着队请我们去他们家里吃午饭，每天的午餐都被预订了。只是，每一次，我们几乎都是空着肚子回到学校的，因为实在不知道如何用叉子吃散在盘子里的米饭粒。我们不知道该如何告诉他们，这饭菜对我们来说很奇怪；他们实在用不着跑遍全城的杂货店，只为买一盒存货不多的即熟米饭。我们既不能表达，也听不懂他们的话。不过，这并不重要。我们盘子里剩下的每颗饭粒，都包含着慷慨与感恩。直到现在，我依然怀疑，语言是否会玷污那些美好的时刻，而沉默才能更好地传递某些感觉，比如说，克洛岱特和杰先生之间的默契。他们开始相处时，彼此都没有语言。杰先生毫不犹豫地把手中的孩子交给了克洛岱特——他的儿子，那时还是个婴儿。他乘坐的船只被巨浪

击沉，他在岸边救起了儿子，却再也没有见到妻
子。那婴儿正在经历失去母亲之后的第二次新
生。克洛岱特张开双臂迎接他们，最初是几天，
几个月，直到后来的许多年。

乔 安娜也同样向我伸出双手。她喜欢我，并不在意我的绒线帽上印着的麦当劳标记，也不理会我在放学之后，要和其他五十个越南人一起，藏在一辆货柜车里，到东城镇附近的地里干活。第二年，小学毕业前，乔安娜提出让我和她一道去私立中学上学，虽然她知道，每天下午，我要在学校的操场上等候农夫的卡车，到田里打几小时的黑工，摘上几麻袋豆子，换几块钱。

乔安娜还带我去电影院，即使我身上穿着花八毛八分钱买来的减价衬衣，接缝处还有个破洞。看完歌舞片《名扬四海》①，她教我唱片子里的英文主题曲："我歌唱带电的肉体……"而我并不懂得歌词的意思，也不明白她和她姐姐、

---

① 《名扬四海》，好莱坞青春歌舞片，1980年出品。

父母围坐在壁炉边的谈话。我第一次滑冰摔倒的时候，是乔安娜把我扶了起来；当班上体形有我三倍大的塞尔日用胳膊夹起我，带着球奔跑，并触底得分的时候，也是她，在人群中鼓着掌，大声叫着我的名字。

我怀疑自己是否虚构出了这么个朋友。我遇到很多相信上帝的人，而我，却相信天使，乔安娜就是天使。她是一群天使中的一个，从天而降，给我们带来惊喜。他们几十个人出现在我们家门前，送来暖和的衣服、玩具、邀请，还有梦想。我时常感到，我们的内心不足以容纳所有的好意，迎接每一张笑脸。我们怎么可能每个周末去两次格兰比动物园？我们该如何感谢他们带着我们去野营，品尝加上枫糖浆的摊鸡蛋？

我依然保留着一张照片，父亲拥抱着我们的赞助人。他们是志愿者家庭，分配来接待我们一家。他们花了好几个星期天，陪我们在跳蚤市场上转悠，激动地替我们和小贩讨价还价，就为了让我们买到便宜的床垫、盘子、床和沙发——一句话，生活必需品。政府给了每个难民家庭三百元安家费，让我们能置办在魁北克的第一个家。有个小贩扔给我父亲一件红色的高领毛衣。在魁北克的第一个春天，他每天都很骄傲地穿着。今天，在那张旧照片上，他咧嘴大笑的表情让我们忘了那是件女式毛衣，还是收腰的。有时候，你还是知道得越少越好。

但有时候，我们又希望能知道得多一些。比如，知道那个旧床垫里有跳蚤。当然，这些细节都无所谓，因为它们不会出现在照片上。况且，我们还以为自己对于叮咬已经有了免疫力。

马来西亚的阳光把我们的皮肤晒成了古铜色，没有哪只跳蚤咬得动。可实际情况是，冷风和热水澡净化了我们的皮肤，跳蚤的叮咬变得无法忍受，奇痒无比。

我们没有把此事告诉赞助人，只是偷偷把床垫扔掉了。他们如此热心，花了那么多时间，我们不想让他们失望。我们感谢他们的慷慨，但还感谢得非常不够：那时候，我们还不知道时间的价值，它极其昂贵，且异常稀缺。

整一年时间，格兰比小镇对我们来说就是人间天堂。哪怕我们像在难民营里那样，差点被苍蝇活吃了，我还是无法想象世界上还有比那儿更好的地方。当地的一个植物学家带着我们这些孩子到沼泽地去认识昆虫，那里有一大片香蒲。他不知道，我们在难民营曾和苍蝇亲密相处了好几个月。我们的小木屋紧挨着粪池，旁边一棵枯树上爬满了苍蝇，它们在树枝上一堆堆挤在一起，像是黑胡椒，又像葡萄干。苍蝇那么多，个头那么大，用不着飞起来就已经近在眼前，来到我们的生活之中。甚至在嘈杂的环境里，我们也能分辨出那"嗡嗡"的声音。而现在，植物学向导却轻声耳语，要我们细听它们飞行时发出的声响，试着去了解它们。

苍 蝇的"嗡嗡"声我熟悉得很。一闭上眼
睛,它们的声音就会重新在耳边响起。在
马来西亚毒热的太阳底下,好几个月的时间里,
我都要在一个十几厘米高的大蹲坑里上厕所,
粪便几乎要满出来了。每次走进那十六间连排
的厕所,我都得紧盯下面难以描述的棕色秽物,
确保自己不会在两块木板之间滑倒。我必须保持
平衡,在我的大便或隔壁人的大便落进粪坑、溅
起一堆东西的时候,不至于晕倒。在那个时候,
我分散注意力的方式就是听苍蝇的"嗡嗡"声。
有一次,我抬脚过快,一只拖鞋从木板间掉了下
去,坠入粪坑,却没有沉下去,而是漂在上面,
像一艘偏离航向的小船。

我光着脚好几天,等着妈妈给我找一只别
的孩子掉落的拖鞋。我的脚踏在一星期前还爬满
蛆的黏土上,每次暴雨过后,蛆会成群结队从

粪池里爬上来，像是听到了救世主的召唤，不知疲倦地朝我们住的小山坡上爬，奇怪的是它们竟然不会掉下去。它们以同样的节奏，爬到我们的脚下，红色的黏土变成了一张起伏波动的白色地毯。它们的数量实在多得惊人，我们还没开始抵抗就决定投降。它们所向披靡，我们不堪一击，便让它们继续扩大地盘，直到暴雨停歇，轮到它们脆弱不堪。

北越的部队进入西贡之后，我们变得不堪一击，只好交出了一半房产。他们在中间砌了一堵砖墙，把房子一分为二：一半仍归我们居住，另一半成了片区的警察局。

一年之后，新政权的官员来到我家，勒令我们交出另一半房产，要把我们扫地出门。几个督察突然而至，没有预先通知，没有授权，没有理由。当时在家的人全都被集中在客厅里，我父母不在，他们就等着，坐在艺术装饰风格①的椅子边沿，腰板挺直，一次也没有触碰两侧用亚麻绣花布遮着的扶手。我母亲穿着白色的百褶迷你裙和运动鞋，先从铁艺玻璃门后面闪进来，父亲跟在她身后，手里拿着网球拍，脸上满是汗水——我们还沉醉在往昔的最后时光里，督察们

①　艺术装饰风格，20世纪二三十年代的流行风格，体现了这一时期巴黎的豪华与奢侈。

的突然出现，把我们重重地摔回到现实。他们命
令家里所有的大人都待在客厅里，然后开始清点
财产。

我们这些孩子跟着他们一层楼一层楼、一
个房间一个房间地走。他们给抽屉、衣柜、梳妆
台以及保险柜都贴了封条，甚至还封了装满我外
祖母和她六个女儿胸罩的大抽屉，却没有在清单
上写明里面究竟装了些什么。我当时觉得，一定
是那个年轻的督察想到楼下几个女孩子圆圆的乳
房，戴着从巴黎进口、镶着蕾丝的乳罩，感到难
为情。我还认为，衣柜那一栏也空着，同样是因
为难以控制的欲望令他双手发抖，无法记下时装
的名称。可是，我错了：他根本就不知道胸罩是
什么。在他看来，那就像他母亲煮咖啡时用的过
滤布，边沿缝在金属圈上，最后缠绕在一起的环
扣正好可以用来做把手。

在河内的红河对岸，龙边桥的桥头，他母亲每天晚上都在过滤布里放满咖啡粉，泡在铝制的咖啡壶里，做成几杯咖啡，卖给行人。冬天，她把咖啡倒进小玻璃杯——也就够啜上三口——再把杯子放进盛着开水的碗里保温。过路的男人，坐在比地面高不了多少的长条凳上，和她聊上几句。客人们能从远处看见小桌上光线幽暗的煤油灯，旁边的小碟子里摆着三根香烟。年轻的督察，那时候还是个孩子，每天早上醒来，都能看到几经缝补的棕色咖啡过滤罩；有时候，它还是湿的，挂在他头顶的一枚钉子上。我听见他在楼梯拐角和其他几个督察谈论那些乳罩，说他不明白，我们家怎么有那么多咖啡过滤罩，整整齐齐地码放在大抽屉里，还用棉纸隔开。而且，为什么有两个罩？难道是因为我们经常请朋友一道来喝咖啡吗？

这个年轻的督察，从十二岁开始就在丛林里行军，为的是把南越从美国鬼子"毛茸茸的爪子"中解放出来。他曾在地道里过夜，一连几天泡在池塘的莲花叶子下面，亲眼目睹他的同志们为了防止大炮下滑而献出自己的生命。他也曾在直升机声和爆炸声中忍受疟疾的折磨，度过漫长的夜晚。除了母亲涂得漆黑的牙齿，他已经忘掉了父母的模样。他怎么能猜得到那些乳罩是做什么用的呢？在丛林里，男孩儿和女孩儿是同样的行装：绿色头盔，用旧轮胎改造成的凉鞋，一套军装和一条黑白格子的围巾。清点他们的财物只需要三秒钟，不像我们，居然花了一年的时间。我们还不得不让十个男女督察住进我们的房子。我们给了他们一层楼，各自待在自己的角落，避免碰到他们。只是，我们每天都被迫站在他们面前，接受例行检查。他们要确保我们也和他们一样，除了基本的生活用品，没有别的东西。

　　有一天，那十个人把我们拽进他们的浴室，说有人偷了他们的鱼，那是分配给他们的晚餐。他们指着屋里的抽水马桶，质问道：那条鱼早上还在那儿，活蹦乱跳，怎么现在就不见了？

由于那条鱼，我们之间终于有了某种沟通。此后，我父亲开始"腐蚀"他们，悄悄放音乐给他们听。我坐在钢琴下面的暗影里，看着泪水划过他们的脸颊，历史的恐怖毫不留情地在他们脸上刻下了痕迹。打那以后，我们再也分不清他们究竟是敌人还是受害者，我们应该爱他们还是恨他们，应该害怕他们还是怜悯他们。而他们也不再肯定，是他们从美国人手中解放了我们，还是相反，是我们把他们从越南丛林中解放了出来。

但很快，曾触动他们内心、给他们以某种自由感受的唱片被烧掉了，放在屋顶的露台上，一把火烧掉了。他们接到上级命令，必须烧掉不符合革命者形象的书籍、音乐、电影，比如，没有肌肉发达的手臂高举着叉子、锤子或是红底黄星的旗帜，要统统烧掉。很快，天空中再次升起了浓烟。

那些士兵后来的遭遇如何？自从横在我们和当局之间的那堵墙竖起来之后，许多事情都改变了。我回到越南，与当初建这堵墙的人共事。 他们曾想把墙作为工具，隔离成千上万人，甚至可能百万人的生活。当然，自从1975年坦克第一次从我家房前的马路驶过，形势已经逆转。再后来，柏林墙倒塌，铁幕拉开，在越南那几年，我甚至学了一些新词——以前的敌人的词汇，这多少是因为我年纪尚轻，还没有被历史重负所压垮。只是，我的房子里再也没有砖墙。我依然无法分享周围一些人对砖墙的喜好。可他们说，砖墙能让房间变得暖和。

到河内履职的第一天，我经过一座小屋，它的窗口正对着大街。屋里，一男一女正垒起砖头砌墙，想把房子一分为二。墙一天天地高起来，直砌到屋顶。我的秘书告诉我，那是因为两兄弟不愿意住在同一个屋顶下，他们的母亲无力阻止这一分隔——或许，三十多年前，她自己也曾在胜利者与战败者之间建成过类似的墙。我在河内待了三年，她在这期间去世了。至于她留下的遗产，她给大儿子留下了一台电风扇，却没有开关；开关留给了小儿子，却没有风扇。

当然，那两兄弟之间的墙无法与我家和北越
战士之间的那堵墙相比；而这两堵墙又跟
魁北克老房子里的墙历史不同，每堵墙都有自己
的故事。感谢时空拉开的距离，我才能与胡志明
昔日的左臂右膀共进晚餐，把国仇家恨抛诸脑
后，对那些手捧破旧的古戈氏奶粉①罐子，坐火
车前往集中营探视的女人们也视而不见。她们小
心翼翼，仿佛捧着什么魔法圣水。对被关在集中
营里的男人们来说，那的确是魔法圣水，其实里
面装的不过是棕色的肉松：把烤熟的猪肉一层层
剥下来，剥成丝，挂在余火上烤上一整夜，加上
盐，再多加些盐，拌上水蘸汁② ——要这样腌
上两天，满含希望和绝望。尽管不确定在要去的

---

① 古戈氏奶粉，法国产的一种奶粉。
② 也称为甜鱼露或甜酸汁，常用于越南菜中，是一种用鱼
露、青柠汁、辣椒、蒜茸、醋和糖等调制而成的半透明甜
酸酱汁。

劳改营里是否能找到孩子的父亲，不知道他们是死是活，受伤了还是生病了，那些女人依然把巨大的期望寄托在那些肉丝上面。为纪念她们，我也时不时给我的儿子们做这种棕色的肉松，来保存和重现那些爱的心意。

以我儿子帕斯卡尔的理解，爱是由在贺卡上画多少颗心，或是在羽绒被子下，打着手电筒，给他讲多少个关于龙的传说来定义的。我得等上几年，才能让他理解，在另外一些时间，另外一些地点，父母会自愿放弃自己的孩子，以表达他们的爱，就像童话里的"小拇指"的父母[1]。我在华闾古都[2]遇到的那位母亲也提出过类似请求。在群山环绕的小湖上，她用长长的竹竿带着我在水面上滑行。她希望我能替代她，她愿意放弃自己的女儿，让我把她女儿带走。她情愿因见不到女儿而终日哭泣，也不愿意看着她小小年纪就追在游客身后，兜售她做的刺绣桌布。我那时也还是个年轻女孩。在群山之间，我只看

---

[1] "小拇指"为法国作家夏尔·贝洛同名童话中的主人公。"小拇指"因家庭贫困而被父母抛弃。

[2] 华闾，越南丁朝（968—980）、前黎朝（980—1009）的首都，位于今天越南的宁平省宁平市华闾区。

到壮丽的景致，却忽略了一位母亲无限的爱。有些个夜晚，我跑过长长的田埂，身边只有水牛做伴。我呼唤着她，想抓住她女儿的手。

—　　直等到帕斯卡尔又大了几岁，我才试着向
　　他解释华闻古都那位母亲与小拇指之间的
联系。我还给他讲人们把猪藏在棺材里，混过城
乡接合部检查站的故事。他喜欢听我模仿葬礼上
女人拖着长腔的哭喊声。在见惯死亡的检查者面
前，她们投入地一次次扑向长方形的棺材，号啕
大哭；而农夫们，全身素服，头上裹着白布条，
一次次把女人们拉回来，安慰她们。一进城，农
夫们就躲进不断变换的秘密地点，把棺材里的猪
交给屠夫。屠夫把肉切成一片片，交给商家。商
家把猪肉绑在腿上或是腰间，带到黑市，带给不
同的家庭，带给我们。

　　我向帕斯卡尔讲述这些故事，是为了让这
些在学校里从来听不到的历史片段，能继续留在
人们的记忆中。

记 得上高中的时候，班里有同学抱怨，为什么历史是必修课。年轻如我们，没有意识到，有历史课是一种特权，只有和平的国家才有这门课。在其他地方，人们为日常生活所迫，没有闲情逸致记录他们的集体历史。如果不曾在结着冰的巨大的湖泊旁边体会过万籁俱寂，或不曾在简单得近乎乏味的平和氛围中生活过，用气球、五彩纸屑以及巧克力来表达爱意，我也许永远不会留意到在湄公河三角洲曾祖父坟墓附近居住的那位老妇人。她真的很老了，汗水沿着她脸上的皱纹流下来，就像是地面上的溪流沿着河床流淌。她的背已经驼了，下楼梯的时候，必须转过身子走，否则会失去平衡，一头栽下去。她这一辈子，种过多少稻子？有多少时间双脚踩在泥地里？多少次，她看到太阳在稻田尽头落下？又有多少梦想被她放在一边，却在三四十年之后，突然发现自己的身体已经弯成了两截？

我们时常忘记这些妇女的存在，当她们的丈夫和儿子扛着枪的时候，是她们把越南扛了起来。我们忘记了她们，是因为她们从来没有从锥形斗笠下扬起过脸，看一看天空。她们只等待太阳把她们晒晕而不是睡着。一旦有闲暇躺在床上，她们就会想象儿子被炸成无数碎片，或是丈夫的尸体顺流而下，像河上漂浮的一堆杂物。美国的黑奴们还能在棉花地里大声唱出他们的悲伤，而越南妇女却任由忧伤占据心房。悲伤把她们压垮了，她们无力自拔，无法挺起已经弯曲的腰，在沉重的悲哀中抬起头。等男人们走出丛林，重新走在稻田的田埂上，女性依然背负着越南无声的历史。她们大多在重负中死去，无声无息。

我认识这样一个女人，她在茅厕里摔倒后死了，下面是养满鲶鱼的池塘。她的塑料拖鞋打滑，人失去了平衡。如果那时有人留意她，肯定能看见她的锥形斗笠忽然消失在茅厕的挡板之间。周围的四块挡板既遮不住她下蹲的身体，也对她没有保护。她死在了家里的化粪池里，头卡在两块踏板之间一个满是粪便的洞里。而在茅厕下面，是一群群身体柔滑发黄的鲶鱼，没有鱼鳞，也没有记忆。

那位老妇人去世之后，每个星期天，我都去河内郊区的一片莲花池。那里总有两三个女人坐在圆圆的小船上，弯着腰，双手颤抖着，在水上划行，用棍子把茶叶放进盛开的莲花花瓣里。第二天，她们回到莲花池，在花瓣枯萎之前，又把茶叶一一捡回来。茶叶在荷花叶中放置了一晚之后，吸收了花蕊的香气。她们告诉我，每片茶叶上都保存了短暂盛开的花朵的灵魂。

但照片无法保存我们的第一棵圣诞树的灵魂。我们从蒙特利尔郊区的树林里捡来树枝，插在一个用白布包裹起来的备用轮胎的轮毂孔中。它们看上去没什么叶子，缺乏魅力，却比我们现在拥有的两米多高的云杉树要漂亮得多。

我父母经常提醒我们姐弟，他们留不下什么遗产，可我想，他们已经把丰富的回忆留给了我们，让我们能领悟紫藤花开的美丽、词语的精美和奇迹的力量。还有，他们给了我们双脚，让我们走向梦想，走向永恒。这已经让我们有足够的储备，独自继续我们的旅程。否则，那么多东西要搬运、保护和维护，会徒劳地增添我们旅途的负担。

越南人常说，光头不怕被人抓小辫子。因此，我要尽可能丢掉不必要的身外之物。

总之，自从乘船逃离，我们就学会了如何轻装前行。在货舱里，坐在我叔叔旁边的那位绅士就没有行李，甚至没有像我们那样，拿上个装着暖和衣服的小包裹。他把所有的衣服都穿在了身上，游泳裤、短裤、长裤、套头衫、衬衣，还有毛衣。其他值钱的东西他都放进了身体各个部位：钻石嵌进了臼齿，金子包在门牙上，而美金则塞进肛门。船到海上之后，我们见到有的女人解下卫生带，拿出藏在里面、小心折成长条的美金。

我呢，我也戴着人造手镯，粉红色的，像是用假牙做成的，里面藏满了钻石；父母还在我弟弟的衬衣领子里缝进了钻石。不过，我们的牙齿上没有镶金，因为母亲不让别人动她孩子的牙齿。她常告诉我们，牙齿和头发是一个人的根，甚至是人的本。她希望我们的牙齿完美无缺。

所以，即使在难民营，她也找到了一把牙医用的手术钳，替我们拔掉已经松动的乳牙。马来西亚炙热的阳光下，她每次都在我们面前晃动着拔下来的牙齿，骄傲地展示那些还带着血迹的牙齿，背景是细沙滩和带刺的铁丝网。母亲告诉我，应该可以通过手术把我的眼睛变大，甚至还能整整我的耳朵，它们好像往外翘得太多了，但她无法修补我脸上其他不完美的地方。所以，我至少应该拥有无可挑剔的牙齿。千万不能在里面镶钻石，她知道，一旦我们的船被泰国海盗截获，金牙、镶了钻石的牙齿都会被拔掉。

警方得到命令，对搭载越南华裔的船网开一面，允许这些人"秘密"离开。华裔是资本家，因此他们反共，这几乎是由他们的族裔背景和口音决定的。不过，军警可以对他们进行搜查，近乎羞辱式的搜查，甚至可以夺走他们全部的财产。我和我的家人成了华裔。我们称祖上有华人血统，警方于是心照不宣，对我们放行。

我的外曾祖父是华人。他在十八岁时因一个偶然的机会来到越南，后来娶了越南太太，有八个孩子。这些孩子中，有一半选择做越南人，另外一半选择做华人。选择做越南人的四个，包括我的外祖父，后来成了政治家或是科学家；而选择做华人的四个，都成了富有的米贩。即使后来我的外祖父当了省长，依然无法说服他那四位胞兄把孩子送到越南语学校读书。而越南语这一支，连一句潮州话也不会说。一个家庭被分为两半，正如这个国家：南部支持美国，北部亲共。

我的桐舅舅，也就是我妈妈的大哥，是两个阵营的沟通者。实际上，他的名字就有"一起"的意思。不过，我叫他二舅，因为他在家族里排行老大，而按照越南南部的习惯，排行从"二"开始。

二舅是家里的长子，也是议会议员，反对党领袖。他所属的政党由一些年轻的知识分子组成，他们将自己定位为第三阵营，大胆地站在两个交火的阵营中间。亲美政府允许第三个政党存在，是为了平息年轻理想主义者的愤怒与混乱。二舅在公众眼里成了最受欢迎的政治家，这一方面是因为他的主张对他的团队成员非常有吸引力，另一方面则得益于他明星般英俊的面孔，他在选民眼中似乎成了民主的替身。这个富有魅力、天生开朗的年轻人，把大家族里华裔和越南裔两个阵营之间的壁垒打破了。他可以跟某位内

政部长讨论纸张匮乏对媒体言论自由的影响，而
一转眼，他已经伸出手，搂住了部长太太的腰，
领着她跳起了华尔兹——尽管越南人很少跳华尔
兹。

整个童年时期，我都有个秘密心愿：成为二
舅的女儿。少楣是他的公主，虽然有时候
二舅会一连几天忙得忘记了她。她的父母宠爱
她，待她如大明星一般。二舅家里老是开派对，
其间，他时常会停下所有的谈话，和女儿一道坐
在琴凳上，向宾客介绍她接下来要弹的一段小乐
曲。对他来说，短短的两分钟，在《月光曲》①
中，其他的一切都不存在了，只有小姑娘胖乎乎
的手指在听众面前尽情敲打。每一次，我都坐在
台阶下，默默记住在客人的掌声中，二舅给少楣
鼻子上的那个吻。他只关注少楣两分钟，但这已
足够让我表姐内心充满勇气，而这正是我所缺乏
的。无论状态如何，在她哥哥和我面前，少楣从
来都盛气凌人。

---

① 《月光曲》，法国著名儿歌。

我和表姐是一起长大的，不是我在她家，就是她在我家。有时候，她家连一粒米也没有。她父母不在家的时候，仆人们也跟着消失——通常都顺手带走一罐米，而她的父母经常不在家。有一次，她大哥让我们吃了一大堆发馊的锅巴。他往里面加了点儿油和葱，做成一顿饭。我们五个孩子一点点吃下了干硬的锅巴。而有些时候，新鲜水果多得能把我们埋起来，芒果、龙眼、荔枝，外加里昂香肠和奶油布丁。

我表姐的父母购物，常常只看水果的颜色和香料的气味，或者就是一时心血来潮。他们买回家的食物总带着股喜庆、颓废和热情的气息。厨房里的米罐空了，或是我们背不出应该记住的诗句，他们一点儿也不着急，只希望我们用芒果填满肚子，大口吃水果，吃得果汁四溅；同时，

随着音乐旋律（大门乐队、西尔维亚·沃坦、米
歇尔·萨尔杜、披头士乐队或卡特·斯蒂文森①
的音乐）不停地转啊转，像个陀螺。

---

① 大门乐队，1965年在洛杉矶成立的美国摇滚乐队；西
尔维亚·沃坦（1944— ），原籍保加利亚的法国歌手；米
歇尔·萨尔杜（1947— ），法国歌手、演员；卡特·斯蒂文
森（1948— ），英国歌手。

而 在我家，每一顿饭都准时开始，仆人一个不缺，也总有人监督我们做功课。就算水果篮里还有一堆芒果，母亲也只准我和两个弟弟分吃其中的两个，这可不像少楣的父母。要是我们因为分到的芒果大小起争执，她就把芒果全收回去，直到我们达成妥协，三个人分享两个芒果。这就是为什么，我有时候宁愿和我的表兄弟们吃干硬的锅巴。

我 希望在教育孩子方面，自己与母亲的做法完全不同。有一天，我决定让我的两个儿子共用同一间卧室，尽管家里还有其他空房。我希望他们学会相互扶持，就像我和我的弟弟们那样。有人告诉我，共同的欢笑能增进彼此的感情，而分享以及因与人分享所产生的沮丧，对建立亲密关系更加重要。半夜里，一个人的哭泣常会勾起另一个人的眼泪，或许正因为如此，我患自闭症的儿子终于意识到了帕斯卡尔的存在——在生命的前三四年，他是完全无视这个哥哥的。现在，亨利显然非常喜欢趴在帕斯卡尔怀里；而在陌生人面前，他会藏在哥哥的身后。或许真要感谢那些无法入眠的夜晚，现在，帕斯卡尔会自觉地先穿上左脚的鞋子，再穿右脚，以满足弟弟强迫性的偏执。这样弟弟就可以在不被激怒、不受太大扰乱的状况下，开始新的一天。

母亲或许是对的，她不仅强迫我和弟弟们分享，还要我们和表兄弟们分享。我和少楣分享我妈妈，因为她也负责这位外甥女的教育。我俩就像一对双胞胎，上同一所学校，在同一个班里，坐同一条板凳。有时候，老师不在，表姐就代替她，站在讲台上，挥动着长长的教鞭。那时，她和班上的同学一样大，也就五六岁，但不像我们。她一点儿都不怕教鞭，因为她一直被大人们捧在手心里。而我正好相反，因为不敢举手告诉老师，因为害怕在众目睽睽之下走出教室，我甚至尿湿过裤子。我表姐会把想抄袭我答案的同学全都打翻在地，双眼紧盯着敢拿我的眼泪取笑的人。她保护着我，因为，我是她的影子。

她无论去哪儿都会拽着她的影子，可有时候，她又故意让我像条狗一样跟在她身后跑，就为了开心一笑。

我和少楣一起——当然，我总是和少楣一起——在西贡体育俱乐部打完网球，侍应从来不会递给我一杯柠檬水，因为他们已经递给少楣了。在那个用高大栅栏围起来的时尚俱乐部里，有很明显的两类人：精英人士和仆人——穿着一尘不染的白西装的成功人士和赤着脚在球场上捡球的年轻人。我不属于其中任何一类。我只是少楣的影子。中间喝茶的时候，我把自己隐藏在少楣身后，偷听她父亲和球友的谈话。在俱乐部的露台上，他舒服地坐在藤椅里，一边品尝着玛德琳蛋糕，一边谈论普鲁斯特①。我们也跟随着他的记忆，回到了他在巴黎求学的时代。他会带着同样的热情讲述卢森堡公园里的椅子，或是艳舞女郎的大腿，滔滔不绝。我在他椅子后面，屏住呼吸，像个影子，生怕打断他的侃侃而谈。

---

① 马塞尔·普鲁斯特（1871—1922），20世纪法国最伟大的小说家之一，意识流文学的先驱与大师，代表作有《追忆似水年华》。

母亲总是生我的气，说我太自卑。她告诉我，我必须从阴影中走出来，发挥特长，我才会发光。可每次她试图把我拉出阴影，走出自己的阴影，我都会眼泪横飞，哭到精疲力竭，直到她气得把我留在汽车后座。我哭着，在西贡炎热的天气中睡着了。我待在别人私家车道上的时间比待在客厅里的时间还要长。有时候，我在孩子们天真的喊叫声中醒来，他们围着车子打转，冲车窗伸舌头、偷笑。我母亲认为，学习保护自己会令自己更强大。随着时间的推移，她最终把我培养成了一个女人，却不是公主。

现在，妈妈感到后悔，没有把我培养成公主，她也就没机会成为王后——像二舅，就一直被他的孩子们视为国王。直到去世，二舅依然保持着王家气派，尽管他从来没有在学校的通知上签过字，也没有检查过孩子们的成绩单，或替他们洗过弄脏的小手。有时候，我和表姐有幸可以坐着二舅的韦士柏摩托车回家，表姐站在前面，我坐在后面。许多次，我和少楣在小学前的罗望子树下等他，直等到校工在我们身后锁上大门，甚至校园路边卖酸芒果、椒盐番石榴和辣凉薯的小贩都离开了，我和少楣还在西沉但依然刺眼的阳光下，等待他的到来。远远地，他终于来了，头发被风吹起，一脸无敌的灿烂笑容。

他把我们两个一起拥进怀里，那一刻，我们不仅变身为公主，更成为他眼中最漂亮、最宝贵的人。可是，那样的欣喜时刻只能维持一段路程：很快，他臂弯里会搂着个女人，经常是不同的女人，轮到她们享受公主般的瞬间了。我们在客厅里等他，直等到新公主在他眼中也不再是公主。每个女人，想象自己是他宠爱的女人时都会感到很满足，虽然心里完全清楚，自己不过是他众多女人中的一个。

父母对二舅这种放荡的生活态度非常不满。所以，即使二舅不嘱咐，我也不会提起在校门口漫长的等待，或是在陌生女人客厅里度过的晚上。如果我暴露了他的秘密，家人就不会让他来学校接我们了，我就会失去做公主的机会，也无法看到我的吻变成一朵花盛开在他的脸上。三十年之后，妈妈喜欢我吻她的脸颊，那些吻在她脸上同样变成了花朵。或许，我在她眼中最终成了公主，而事实上，我只是她的女儿，仅仅是女儿而已。

母亲从魁北克寄钱给二舅的儿子，让他们可以像我们一样坐船逃离。上世纪七十年代末第一波船民潮过后，偷渡船在航行中十有八九会遭遇海盗，这已经是惯例了，女孩子坐船偷渡显然非常不明智。所以，只有他的两个大儿子登上了逃离的汽车，结果却在路上被捕了。他们的父亲，也就是我的二舅，我的国王，告发了他们……是因为害怕他们在海上送命，还是担心作为父亲的他会遭到报复？每当回想起这件事，我提醒自己，他无法告诉自己的儿子，他从来就不是他们的父亲，只是他们的国王。他一定是担心受到大家的批判，说他反共。他肯定害怕出现在公众面前。可不久之前，在公众面前，他还那么信心满满。如果当时能对他说些什么，我会告诉他，不要告发你的两个儿子；我会告诉他，关于他的迟到，他的那些艳遇我从未透露过半个字。

让娜是我们美丽的仙女，她穿着短袖衬衣，粉红色紧身裤，头上戴着花。她让我不用说话就释放出自己的声音。她用音乐，用她的手指，用她的肩膀与我们圣法密小学的九个越南学生交流。她向我们示范如何用肢体语言来占据周围的空间，放松手臂，抬高下巴，深呼吸。她像个仙女在我们四周舞动，目光轻抚着每个学生。她伸长的脖子与她的肩膀、胳膊，直到手指尖形成一道蜿蜒的曲线，双腿画出无与伦比的圆圈，仿佛能踢翻墙壁、搅起空气。感谢让娜，让我学会了如何释放出关闭在身体里的声音，直抵嘴唇。

在西贡市中心，二舅弥留之际，我守在他病榻旁，为他朗读米歇尔·乌埃勒贝克①的小说《基本粒子》当中的一些色情段落。我不再希望成为他的公主，我成了他的天使，让他回想起他如何捉着我的手指，放进维也纳咖啡的奶油里，嘴里哼着："吻我，深深地吻我吧……"

他的身体一冰凉，甚至一僵硬，就已经有许多人围在了他的身边，不仅有他的孩子们、妻子们（前妻与现任妻子），兄弟姐妹们，还有不少陌生人。上千人赶来哀悼他的离世，有的是因为失去了他们的情人、体育记者，有的是因为失去了他们的议会前战友、作家、画家或是牌友。

人群中，有一位绅士，明显很穷困，衬衣

---

① 米歇尔·乌埃勒贝克（1956— ），法国作家。《基本粒子》中文版，海天出版社，2000年。

的领口发黄，皱巴巴的黑裤子，系着旧皮带。他远远地站着，站在开满火红花朵的凤凰树下，旁边是一辆沾满泥巴的中国产自行车。他按照葬礼的规程等待了好几个小时才走进墓地，墓地在西贡郊区一座佛教寺庙里面。他还是站在一边，沉默着，一动不动。我的一位阿姨走过去问他，为什么骑这么远的路。他认识我舅舅吗？他回答说，不认识，他来是为了感谢我舅舅曾经写下的文字，那些文字让他活了下来，让他每天早上有勇气爬起来。他说，他失去了自己的偶像。我没有这种感觉，我既没有失去偶像，也没有失去国王，我只是失去了一位朋友。他向我讲述他的女人们的故事，他对政治、绘画和书籍的看法，尤其是他自己放荡不羁的生活，因为他到死都没有老，继续沉湎于享受，始终生活得如年轻人般轻松，让时间都因此而停滞了。

所以，母亲或者不必成为我的王后，只要做我的母亲就足够了，虽说我很少吻她，吻起来也不够认真。

母亲羡慕我二舅不负责任，或者不如说，妒忌他居然能做到这一点。她也嫉妒自己的弟妹，可以成为孩子们的国王或是王后。像二舅一样，她的几个妹妹也被孩子们理想化了，一个是最漂亮的，一个是最富有创造力的，还有一个，当然是最聪明的……在我的表兄妹眼中，他们的母亲总是最棒的。而家里所有人，包括我的姨娘和孩子们在内，都觉得我母亲让人害怕。从年轻的时候起，她就代表着大家庭里的最高权威，强迫妹妹们服从她作为大姐的权威，希望她们远离二舅，以免被他带坏。

妈妈承担起了家里男人的责任，她是教育部长、女修道院院长，还是家族行政长官。她决定家里的大小事务，惩戒犯了错的人，让人改邪归正，也压制人们的抗议……作为董事会主席，我外祖父不照管日常琐事，而我的外祖母，光是抚养更年幼的孩子就已经让她忙得团团转了，加上还要从一次次的流产中恢复过来。据我妈妈说，二舅天生自私自大，所以才让她确立了家族最高管理者的地位。记得有一次，她年幼的弟妹们没有得到她的允许，就跟着二舅出去玩了。结果，母亲惩罚他们，把他们关进了浴室，连我外祖母都不敢要她把门打开，放他们出来。她那时还是年轻女孩子，天真地用铁腕手段来管理大家。母亲反对二舅的轻浮，嫉恨孩子们都推崇他，可她的复仇计划得不偿失，弟弟妹妹在浴室里玩儿得不亦乐乎，却没有她的份儿。青春的欢乐全都在她的指缝中溜走了，她甚至以不得体为由，禁止妹妹们跳舞。

然 而，最近十年，母亲发现了跳舞的乐趣。
朋友们说服了她，使她相信探戈、恰恰、
斗牛舞能够代替体育锻炼，其中没有任何性感、
挑逗或令人沉迷的成分。自从开始每周一次的跳
舞课，她时不时会说起，希望时光倒流，回到年
轻时的那些竞选活动和派对。那时，我父亲、她
的哥哥和其他几十个年轻的候选人围在桌边谈笑
风生。现在，去电影院的时候，她会拉着我父亲
的手；拍照的时候，要他吻她的脸。

母亲在55岁的年龄才开始生活、放松，重
新塑造自己。

至于我父亲，他不需要重塑自己。他活在当下，对过往毫不眷恋，享受当下的每一刻，仿佛这永远是最好的、唯一的时刻，他不去比较，也不度量。所以，无论是拿着拖把站在酒店的楼梯上，还是乘坐加长豪华轿车去和他的部长开战略会议，他都能感到最真诚、最美妙的快乐。

我从父亲身上继承了知足常乐的性格。可他又从哪里得来的呢？因为他是家中第十个孩子？还是因为他曾经历漫长的等待，等待被绑架的祖父归来？在法国人离开、美国人来到之前，越南乡下受到不同派系恶棍的恐吓，这是法国当局为了分裂越南使出的手段。乡下富有人家还常遭遇绑架勒索——绑匪送来一枚钉子，要他们支付赎金，换回被绑架的人质；如果不交，人质的太阳穴或是其他什么地方就会被敲碎。祖父家里

"买"了那枚钉子，回家之后，马上把自己的孩子们送到了城里，和表亲戚们住在一起，这样可以保证他们的安全，还可以让他们有更好的受教育机会。从很小的时候起，父亲就学会了远离父母生活，搬离不同的地方，享受眼前，放下对过往的眷恋。

所以，他从来不想知道自己真正的生日究竟是哪天。或许是越南乡下的父母认为，孩子的出生应该从生活恢复正常之日开始，而不是从他们开始呼吸的那天算起。于是，祖父母选择了没有地雷爆炸、没有轰炸和绑架的一天，在乡政府为儿子登了记，作为儿子的正式生日。

同样，自打离开越南，他从不觉得有什么必要回去看看。现在，老家有人代表地产商来看他，让他去索回父亲房子的产权。他们说，现在有十户人家住在里面。我们最后一次看到那房子时，它已经成了营房，里面住的是北越的士兵，后来被征用为消防员驻地。那些军人在大房子里安家落户了，他们是否知道，自己住的房子是法国工程师、著名的国家桥梁道路学院毕业生所建造？他们是否知道，这是我叔公送给祖父的一份礼物，感谢他的大哥资助他去法国留学？他们是否知道，这幢房子曾养大了十个孩子，而如今，因为被故乡驱逐，他们散落在十个不同的城市？不，他们什么也不知道，也不可能知道：他们出生在法国人撤离之后，成长于这段历史能够出现在教科书上之前。除了脸上画着迷彩的美国大兵，他们可能从来没有近距离看到过美国人，直到多年之后，才亲眼见到了去越南旅行的美国游客。他们只知道，如果我父亲收回房子，卖给开发商，他们只能得到很少一点儿补偿，以奖赏他们当年关押了我的祖父母。我祖父母在生命中的最后几个月，一直被关在自己大宅子中最狭小的那间房子里。

有些晚上，消防员们喝醉了，昏头昏脑，从窗口扔火把进去，要我祖父闭嘴。其实，我出生之前，祖父就因为中风不能说话了。我从没有听过他的声音。

我每次见到祖父，他总是仰卧着，四肢伸开，身下是巨大的乌木躺椅，椅子腿上雕着花。他永远穿着一尘不染的白色睡衣，没有一丝褶皱。父亲的五姐拒绝结婚，待在家里侍奉父母；为保持祖父的整洁，她几乎到了痴迷的程度，不能容忍祖父身上有一点点污迹或是仆人对他有些许的不上心。吃饭的时候，仆人们把祖父扶起来，坐直，由我姑姑一口一口地喂。他最喜欢吃的是米饭加烤猪肉。猪肉要切碎，切得非常小，像是被剁碎的，其实是切成了两毫米左右的小方块。她把米饭和烤肉混在一起，盛在一只蓝白相间的瓷碗里——碗沿镶着银圈，以防缺口。如果你把碗对着阳光，就能看见上面的雕花图案是半透明的，蓝色阴影的部分闪着幽光，这证明了它的昂贵。每一顿饭，姑姑都细心地端着那只碗，这样过了一天又一天，一直过了好些年。她端着精致微温的碗，往里面倒几滴酱油，加上一小片法国进口的布勒特尔①黄油。黄油装在红色的铁皮罐子里，上面的字是烫金的。去看望祖父的时候，我有时也能享用到这道美味。

现在，每当有朋友从法国给父亲带来布勒特尔黄油，他就会为我的儿子们准备同样的菜式。弟弟们会和父亲开个温情的玩笑，说他用那么惊人夸张的词汇来形容罐装黄油。而我，同意父亲的说法。我喜欢那个牌子的黄油的香味，它让我想起了祖父——他后来与一些消防员一道死去。

我也喜欢用那几只镶着银边的蓝色小碗给我儿子吃雪糕。那是我希望姑姑送给我的唯一物件。祖父母去世后，姑姑被赶出了家门。她成了

———————
① 布勒特尔，一种黄油品牌。

佛教徒，住在椰树林后面的小木屋里。家中一切物品都被夺走了，只给她剩下一张没有床垫的木板床、一把檀香扇和她父亲留下来的四只蓝色瓷碗。她对我的要求稍稍有些犹豫——那几只碗，象征着她对尘世的最后一丝眷恋。在我拜访她之后不久，她就去世了，附近寺庙里的僧人们陪伴在她左右。

我 回越南工作了三年，却从未去拜访父亲的出生地，那里距西贡大约250公里。小时候，每次去看望祖父，在十二个小时的路途中，我会一直吐个昏天黑地。妈妈在座椅之间放上枕头，让我尽量平躺着不动，也不管用。而且，路上布满了深坑。北越反抗组织夜晚出动，在路上埋下地雷；到了白天，亲美武装再把它们挖出来。但总有些时候，地雷爆炸了，那我们就不得不等上几个小时，等着士兵们填好炸开的大坑，收拾起炸碎的尸体。有一次，一个女人不小心踩上了地雷，被炸得血肉横飞，四周散落着黄色的南瓜花碎片。她肯定是去集市卖菜。也许，他们还在路边发现她年幼的孩子的尸体。也许没有。也许，她的丈夫已经在丛林中战死了。也许，她就是在我当省长的外祖父的屋前失去恋人的那个女人。

有一天，我们坐在小货车昏暗的角落里，去农场摘草莓或是扁豆，妈妈告诉了我那个女人的故事。她做短工，每天早上站在外祖父大宅子的马路对面，等着有人来雇她。每天早上，外祖父的园丁都会递给她一个粽子，香蕉叶包裹着的糯米团。每天早上，她都会站在开往橡胶园的卡车上，长久地注视着那个园丁，看他在开满簕杜鹃的院子中忙碌。有一天，园丁没有出现，没有穿过满是尘土的马路给她送来早餐。然后，是第二天，第三天……有天晚上，她递给我妈妈一张纸条，上面只有一个深深的问号。后来，我母亲再也没有在挤满工人的卡车上见到过她。那年轻女孩再也没有回过橡胶园或是簕杜鹃花园。她就此消失了。可她不知道的是，园丁曾徒劳地向自己的父母提出要娶她。没有人告诉她，我的外祖父接受了他父母的请求，把他派到了另一个镇子；没有人告诉她，那个园丁，她的恋人，是被迫离开的，甚至无法留下一封信，因为她不识字；因为她是个年轻女子，却要和男人们一起去地里劳作；因为她的皮肤被太阳晒得太黑。

吉拉德太太虽然不在草莓地或是橡胶园里干活，却也有同样的古铜色皮肤。她雇我母亲为她打扫房子，却不知道，在此之前，我母亲连拖把也没有碰过。吉拉德太太是个地道的金发女郎，就像玛丽莲·梦露，她还有一双碧蓝碧蓝的眼睛。而吉拉德先生个子很高，深棕色的头发，有辆擦得锃亮的古董车，很令他骄傲。夫妇俩常邀请我们去他们的白色豪宅里玩，他们门前的草坪修剪得整整齐齐，大门两侧放着鲜花，每个房间里都铺着地毯。他们代表着我们的美国梦。

他们的女儿邀请我去看她的滑旱冰比赛，还把已经太小的衣服送给我。有一条裙子，是件夏装，蓝色棉布底子上缀满白色的小花，两条吊带在肩膀上打着结。我在夏天穿着它，到了冬天，我把它套在白色高领毛衣外面，依然穿着。

在加拿大的第一个冬天，我们不知道每件服装都
分季节，不可以把所有衣服一股脑都套在身上。
觉得冷的时候，我们便不加区别，也不懂得分
类，把衣服一件一件穿上，套了一层又一层，像
个街头流浪汉。

30 年之后，父亲打听到了吉拉德先生的下落。他已经搬离那幢大房子，妻子离开了他，女儿正在休长假，说是为了寻找生活的意义。当父亲告诉我这个消息，我几乎有种犯罪感。我怀疑，是因为我们实在太渴望拥有，无意中把吉拉德先生的美国梦偷走了。

30 年后，我也和我的第一位朋友乔安娜重逢了。无论是通电话还是再次见面的时候，她都没能把我认出来，因为她认识的我，是个聋哑人。我们从来没有交谈过。她甚至不大记得，她当时想成为外科医生，而我也总是对中学辅导老师说，我想当外科医生，就像我的朋友乔安娜。

辅导老师每年都会把我叫去办公室，因为我的考试成绩和我的智商测试相差太大了。我的智商测试表明，我近乎白痴。在"注射器、手术刀、头骨、钻孔机"这组词语中，我怎么会找不出哪些是非同类词，但却能整段地背诵关于雅克·卡蒂埃①的文章？我只能掌握课堂上老师特别教给我、传递给我、提供给我的知识。所以，

①　雅克·卡蒂埃(1491—1557)，法国著名的航海家、冒险家，成功打开了欧洲通往加拿大的大门。

我知道"外科医生"这个词，却不知道"亲爱的"、"日晒房"或者是"骑马"。我会唱加拿大国歌，却不知道"小鸭跳舞"或是生日歌的副歌。我的知识都是随机累积起来的，就像我儿子亨利，他能发出"梨"这个音，却不会喊"妈妈"。我们的学习过程是非典型性的，到处是弯路和障碍，不循序渐进，也缺乏逻辑。我的梦想形成过程也是如此，是在与辅导老师、朋友以及其他人的沟通中不断调整的。

很多移民实现了自己的美国梦。三十多年前，在华盛顿、魁北克城、波士顿、里姆斯基[①]或是多伦多，我们穿过整片街区，看到有些房子门前是玫瑰花园，有的拥有百年大树，有的房子是用石头建的，但我们寻找的门牌号码从来都不会出现在那样的房子上。现在，我六姑和她丈夫，我的继六姑父，就住在类似的房子里。他们出行坐头等舱，要在椅背上贴着"请勿打扰"的牌子，空姐才不会不停地送来巧克力或是香槟。而在三十多年前，在马来西亚的难民营里，同样是这位六姑父，因为营养不良，爬得比他8个月的女儿还要慢。而六姑，靠着一根针，为别人缝衣服，才能挣点钱给女儿买牛奶。三十年前，我们和他们一起住在黑暗中，没有电，没有自来水，没有隐私。今天，我们抱怨说，他们

[①]　里姆斯基，加拿大魁北克城市。

的房子太大了，我们家族人太少了，没有了往日过节的热闹——就像在北美最初的几年，挤在我父母的小公寓里，一直狂欢到凌晨。

我们总共二十五人，最多的时候有三十人，从范伍德、蒙彼利埃、斯普林菲尔德及圭尔夫①来到蒙特利尔，挤进我父母的三睡房公寓里，度过了整个儿圣诞假期。谁要想一个人睡，那就只好去浴室里。聊天声、笑声、争吵声整晚不绝于耳。

———————————

① 范伍德、蒙彼利埃、斯普林菲尔德及圭尔夫均为魁北克省小城。

我们送出的每一份礼物都是真诚的，代表了我们的付出，也回应了对方的某个需求、渴望或梦想。对自己最亲近、最疼爱的人，那些晚上挤在一起睡觉的人，我们深深了解彼此的梦想。那时候，我们有同样的梦想。很长一段时间，我们别无选择，做着同一个梦：美国梦。

我十五岁生日时，在鸡肉加工厂工作的六姑送给我一盒精致的茶叶，方形的铝盒子上印着中国仙女、樱花树和乌云，红、黄、黑三色。六姑写了十张小纸条，对折之后放进茶叶罐里。每张纸上写着一个专业、一种职业，这也是她对我的梦想：记者、木匠、外交官、律师、时装设计师、空姐、作家、人道主义工作者、导演和政治家。感谢这份礼物，它让我知道了，世界上除了医生之外还有别的职业，这就使得我可以追逐自己的梦想。

一旦实现了美国梦，它就永远也不会离开你，像是嫁接的树苗，或是长在身上的瘤子。我第一次拿着公文包，穿着高跟鞋和直筒裙，去河内一个专为年轻人开的餐厅学校时，侍应不明白我为什么跟他说越南话。开始，我还以为他听不懂我的南部口音。最后，他实话相告，你不像越南人，你太胖了。

我把他的话翻译给我的上司们听，他们直到现在还觉得好笑。后来，我明白了，侍应说的不是我四十五公斤的体重，而是我身上的美国梦。它让我看上去更结实、更厚重、更有分量；让我的声音更自信，行动更果断，欲望更明确，步伐更快捷，目光更坚定。美国梦让我相信：我可以拥有一切，可以坐在司机开的小车里，估算旁边生锈的自行车后座上那个南瓜的重量——骑车的是位妇人，汗水模糊了她的双眼；我可以和酒吧里的舞女们随着同一节奏起舞——她们扭动臀部，诱惑着钱夹里鼓鼓囊囊装满美金的男人；我可以住在外国人聚居的大厦，却陪着打赤脚的孩子们去上学 ——学校就建在两条路交叉的人行道上。

不过，那位年轻的侍应也提醒了我，我不可能拥有一切，比如，我不再有权宣称自己是越南人，因为我已经失去了他们的脆弱和恐惧，太自信了。他的提醒是有道理的。

我做事的公司总部在魁北克。大约就是在那段时间，我的老板剪下蒙特利尔一份报纸的文章，上面强调"魁北克国家"是白人的。而像我，尽管魁北克给了我美国梦，尽管它哺育了我三十多年，但因为我长着一双细长的眼睛，我已经被自动划为另类。那我该喜欢谁呢？谁都不喜欢，还是喜欢每个人？我选择喜欢来自圣菲利西安①的那位绅士，他用英语问，是否可以请我跳支舞，并说"随着男伴跳就可以了"。我也喜欢在大南碰到的黄包车师傅，他问我，做应召女郎，陪伴"白人"可以挣多少钱，他说的"白人"指的是我丈夫；我也常常想起河内菜市场僻静角落里坐着的女人，她卖豆腐，五分钱一块。她告诉旁边的人说，我是日本人，我的越南话大有进步。

---

① 圣菲利西安，加拿大魁北克中部的一座小城市。

她说得对。我必须重新学习我的母语，我过早放弃了它。实际上，我从来没有完全掌握过它——我出生的时候，越南已经分成两半。我来自南方，在重回越南工作之前，我从来没有听过北方人说话。而北方人也有类似经历，在统一之前，他们从没有听过南方口音。跟加拿大一样，越南也有过两地隔绝的时期。随着政治、社会以及经济的变化，北越创造出一些词汇，比如，描述如何使用架在房顶上的机关枪打下飞机；如何用味精让血液凝固得更快；警报响起来的时候，如何快速找到掩蔽处。而越南南部的语言里也增添了另一些词汇，比如，形容可口可乐气泡在舌尖上的快感，在大街上对间谍、反叛分子、北越支持者的称呼，还有给美国大兵私生子起的绰号。

多亏了美国大兵，六姑父才能给一家人购买船票，包括他的妻子和出生不久的小女儿，与我们一起逃离。六姑父的父母靠贩卖冰块发财，美国兵需要购买整块的冰，一米长，二十厘米见方，放在床底下。在越南丛林里汗流浃背、担惊受怕几个星期之后，他们需要降温。他们需要肉体的安慰，却不想感受自己或是钟点女人身体的热度，而需要像佛蒙特或蒙大拿①那样的凉风。他们需要凉爽下来才不会草木皆兵，担心每个走到他们身边的孩子的手中都藏着手雷；他们需要这种冰冷，才能不被耳边虚情假意、甜言蜜语的女人所迷惑，忘记被炸得血肉模糊的战友们痛苦的叫喊。他们需要冷酷，才能离开怀着他们孩子的女人们，不再回去，甚至从未向她们透露过自己的姓氏。

---

① 佛蒙特和蒙大拿，分别为美国东北部和西北部的州名。

美国大兵留下来的孩子们，大部分成了孤儿，无家可归，受社会排挤，不仅因为母亲的职业，还因为父亲的身份，他们是战争看不见的另一面。在最后一名美国兵离开30年之后，美国政府前往越南替那些军人向被侮辱的孩子们提供帮助。政府承认了他们全新的身份，一洗过去的耻辱。他们中的许多人第一次有了自己的住址、居所和完整的人生。可也有些孩子，无法适应这样的福气。

我在纽约警察局做口译的时候，有次遇到一个这样的孩子，她早已成人，不识字，在布朗克斯①街头游荡，甚至无法说出自己是从哪里乘巴士来到曼哈顿的。她希望那班巴士可以把她带回家，她就住在西贡邮局门口，几个纸箱就是她

① 布朗克斯，纽约市北部的一个区，被称为纽约的贫民区。

的床。她坚称自己是越南人，尽管有着奶油咖啡般的皮肤，浓密卷曲的头发，非洲血统，还有深深的伤痕，她不断地说自己是越南人，就是越南人。她求我翻译给警察听，渴望回到自己的丛林，但警察只能把她放回布朗克斯的水泥丛林。如果可以，我会让她睡在我身边；如果可以，我会替她洗刷身体上所有被人侮辱的痕迹。我和她年纪相仿，不，我没有权力这么说：她的年龄应该根据在她挨打的夏夜，她看到的天上星星的数目，而不是普通的年月日来计算。

对那女孩的记忆依然不时萦绕在我心头。我想知道，在纽约，她的生存概率有多大。她是否还在那里，警察们是否像我这样经常想起她。或许六姑父可以计算出她遇到过多少危险和障碍，因为他有普林斯顿大学统计学博士的头衔。

我经常要求六姑父计算，尽管他从没有计算过我一个夏天总共走了多少里路去上英文课，也说不出他究竟借给过我多少本书，或是他和六姑为我创造了多少梦想。我斗胆问过六姑父许多事情，但却从不敢问他是否能计算出安先生幸存的机会有多大。

安先生和我们乘同一辆巴士来到格兰比。无论冬夏，安先生都背靠墙站着，一只脚踏在阳台栏杆上，手上夹着一根烟。他就住在我家隔壁。有好长一段时间，我都觉得他是个哑巴。如果现在遇到他，我会说他是个自闭症患者。有天早上，他在沾满露水的草坪上滑了一跤，"啪"的一声，仰面摔倒在地上。"啪！"他大喊道，"啪啪！"他又喊了好几声，随即大笑起来。我蹲下身想把他扶起来，他倒向我，抓住我的胳膊，却没能站起来。他在哭，不停地哭啊哭。忽然，他停止了哭泣，把我的脸转向天空，问我看到了什么颜色。蓝色。他竖起拇指，食指对着我的太阳穴，又问了我，天空还是蓝色的吗？

在为格兰比胶鞋厂打扫厂房之前，安先生曾经是法官、教授、美国某大学的毕业生、父亲、囚犯。从西贡炎热的法庭到充满橡胶气味的工厂的过程中，有两年的时间，他被指控在当法官的时候，曾给共产党同胞定罪。在劳改营，轮到他等着被判决。每天清早，他都与几百名战败方的支持者一起排队出工。

劳改营四周丛林密布。那是犯人悔过的地方，依据每个人不同的状况来评判和自我批判：反革命、国家叛徒、美国的奸细——他们要认真悔过，同时，还要伐木、种玉米、清理地雷。

时间一天接一天过去，就像锁链上的链条——上面拴着他们的脖子，最后一段被固定在地上。有一天，安先生觉得有人勒紧了他脖子上的铁链。士兵把他拉出了队列，让他跪在泥地里，四周是他以前的同事，眼神闪烁、惊恐、茫然，衣不蔽体，遍体鳞伤。他告诉我，当发烫的枪口贴着他的太阳穴时，他最后反叛了一次，昂首挺胸，直视天空。他第一次看到了不同的蓝色，全都那样饱满。所有的蓝色都聚在一起，绚烂得几乎令他失明。他没有听到扣动扳机的声音。没有声响，没有爆炸，没有鲜血，只有汗水。那天晚上，白天印在他脑子里的不同的蓝色闪现在眼前，就像过电影，一遍又一遍。

他幸存了下来。老天斩断了他的锁链，拯救了他，让他重获自由，但也有许多人被窒息而死，在墓穴中腐烂，没有机会欣赏天空中的各种蓝。在那之后的每一天，他都给自己规定了一个任务，把不同的蓝色一一列出来——为了死去的人。

如果说安先生教给我关于色调的细微差别，那么，明先生带给我的是写作的冲动。我第一次见到明先生，是在雪岭路附近的一间中餐馆里，他坐在红色塑料板凳上。我爸爸在那儿送外卖。放学之后，我一边做功课一边等他收工。明先生把单行线、特别的地址和要躲避的客人等信息记录下来。他正接受培训，准备去送外卖。他对待这件事情，也像他在巴黎索邦大学学习法国文学一样严肃而充满热情。拯救他的不是老天，而是写作。他在劳改营里写了好几本书——通常是写在他偷偷保存起来的纸片上，一页接一页，一章接一章，一个永远不会结束的故事。不写作，他就无法听到白雪融化、树叶生长或白云飘过蓝天；也不会看到思维的尽头、星星的残骸或是逗号的结构。夜晚，他在厨房里一边按雇主给他提供的色谱给木鸭、鸹、凤头

和公鸭上色，一边为我背诵他个人字典上的单
词：古币、呻吟、四声道、濒死、蟹奴、对数、
内出血——像在背诵咒语，迈向虚空。

在越南的和平时期或者说战后，我们每个人都以不同的方式得到拯救。拯救我们一家的是映非。

映非是我父母的朋友的儿子，当时只有十来岁，正是他，找到了我父亲半夜三更从三楼阳台悄悄扔到对面瓦砾堆里的金子。他把那包金子交还给了我们，我们才得以买船票逃亡。前一天，父母让我放哨，一旦有士兵朝我们住的这一层走上来，就拉一下沿走廊绑好的细绳。他们躲在浴室里，花了好几个小时，从红黑相间的小地板砖下，挖出藏起来的金箔和钻石。他们用棕色的牛皮纸袋小心地把这些宝贝包了好几层，趁着黑夜，扔到对面——对面邻居的房子已被拆毁。那个小包，正如我父母所愿，落在了瓦砾堆里。

那时候，孩子们必须种树，以表达对我们

的精神领袖胡志明的感激之情；孩子们还得去瓦
砾堆里捡完整的砖头。所以，我去对面房子的瓦
砾堆里找那个小包，不会引起任何怀疑。不过，
我必须小心，因为住在我们家的一个士兵负责监
视我们的来往。知道有眼睛盯着我，我在瓦砾堆
里走得很慌张，没有发现那个小包，甚至第二次
去也空手而回。于是父母让映非去看看。他在瓦
砾里搜索了一阵，背着一袋砖头离开了。

几天之后，装着金子的小包回到了我父母手
中，他们把小包交给了蛇头，作为坐船偷渡的费
用。小包里的金子一点儿没有少。在那个动乱的
和平时期，饥饿代替了理性，怀疑凌驾于道德，
这已成为常态，而与此相反的品格却少之又少。
映非与他母亲是个特例，他们成了我们的英雄。

老实说，在交还那两公斤半金子之前，映非早已经是我的英雄了。每次我去看他，他都会陪我坐在门前台阶上，从我脑后变出一粒糖给我，而不是催促我找别的孩子去玩儿。

我第一次没有父母陪伴独自远行，就是去得克萨斯州看望映非，这次轮到我给他糖果了。在他的大学宿舍里，我们肩并肩坐在地板上，背靠着他的单人床。我问他，为什么会把那包金子还给我父母，而他的寡母当时要在大米里掺进大麦、高粱和玉米才能喂饱他和他的三个兄弟，为什么会有这样的英雄行为？他一边笑，一边不断地用枕头拍我，说他希望我父母能付得起船票，不然，现在就没机会戏弄我这个小丫头了。他依然是个英雄，真正的英雄，因为他无法不成为英雄，因为他不知道自己是个英雄，也不希望成为英雄。

我 希望成为卖烤肉的那个女孩眼中的英雄。
她的摊子就在我河内办公室对面，一座佛
教寺庙的墙外。她话很少，总在不停忙碌，专心
地把烤好的猪肉切成条，夹进已经分成三段的几
十个法式长棍面包里。她摊子上的铁炉已用了很
多年了，里面积满油垢。而一旦里面的煤燃烧起
来，人们就很难看清她的脸，烟雾灰烬笼罩着
她，令她窒息，让她的眼睛总是泪水汪汪的。她
表哥负责招待客人，还要把碗拿到放在人行道尽
头的两口大锅里去洗刷，旁边就是露天下水道。
她应该有十五六岁了，泪眼模糊，脸上沾着烟尘
煤灰，但仍掩不住她惊人的美丽。

有一天，她的头发被火烧着了，连尼龙衬
衣也着了火，她表哥端来洗碗的大锅，冲着她的
头浇了下去。她站在那儿，身上沾满菜叶子、绿
木瓜条、辣椒末和鱼汁。第二天午饭前，我赶去

看她，告诉她，我可以让她来打扫办公室，还建议她报名学烹饪和上英语课。我相信，我给了她最美好的梦想。可她摇摇头，拒绝了，拒绝了一切。我就这样离开了河内，放弃了她，把她留在了小摊子旁。我始终无法让她调转视线，眺望一下没有烟雾笼罩的地平线，我无法成为英雄，像映非那样，像许多在越南被确认、被命名、被称为英雄的人那样。

炮火中诞生的和平，不可避免会产生成百上千关于勇士和英雄的逸事。在北越取得胜利的最初几年，历史教科书已经无法容纳那么多的英雄了，于是，他们跨界走进了数学课本：如果孔同志每天打下两架敌机，一个星期他总共能打下多少架？

我们不再学习计算香蕉或是菠萝的数量。

教室变成了巨大的"战国风云"游戏场，计算死亡、受伤、被俘的士兵，爱国主义的伟大而辉煌的胜利。不过，辉煌只是体现在语言上，画面是灰暗单调的，就像当时的人群，这也许是不让我们忘记现实黑暗的一面。我们被迫穿上黑色的裤子和深色衬衣。如果不这样，身着绿卡其布制服的士兵就会把我们带到检查站审讯和再教育。他们还把抹口红、涂着蓝眼圈的女孩子也抓了起来，以为她们是被人打的，受到了资本主义暴力伤害。或许是这个原因，他们把最初越共旗帜上的天蓝色也去掉了。

我丈夫穿着红底带黄色五角星图案的衬衣走在蒙特利尔街头，有些越南人找他麻烦。我父母让他脱下来，换上一件我父亲的衬衣，但是太小。我自己无论如何不会穿那种衣服，但他买那件衬衣的时候，我没有阻止他，因为我自己也曾很骄傲地把红领巾系在脖子上。那个少先队标志曾是我衣着的一部分。我甚至嫉妒一些朋友，他们脖子上的领巾用黄线绣着"我爱胡伯伯"。他们是"党钟爱的孩子"。由于自己的家庭背景，尽管我在班上成绩总是第一名，种的树最多，心里想着我们的和平之父，但我永远也无法取得那样的身份。每间教室，每个办公室，每幢房子，都至少要挂一幅胡志明画像。他的画像甚至替代了家族祖先的遗像——祖先是神圣的，要在以前，没人敢这么做。死去的祖先们，他们在世时可能是赌徒，可能非常无能，甚至暴力对待家人，而一旦去世，他的遗像摆在神龛上方，点上香烛，贡上水果和茶水，就会受到尊重，不可侵犯。神龛必须放在高处，祖先们可以俯视活着的众人。所有后人都必须记住自己的先辈，不仅记在心上，而且要记在脑子里。

就在最近，在蒙特利尔，我看见一位越南奶奶问她的一岁的小孙子："Thương Bà để đâu？"我不知道如何只用四个字把它翻译出来，不过，其中包括两个动词，一个是"爱"，一个是"携带"。逐字翻译就是："爱奶奶在哪里？"那孩子用手拍了一下脑袋。小时候，我曾经无数次表演过这个动作，现在却全忘了。我忘了爱是来自头脑而不是来自心。在整个身体中，头是最重要的。对越南人来说，拍某个人的脑袋，不仅是对他个人，也是对他整个家族的侮辱。所以，在魁北克，一个腼腆的八岁越南男孩突然变成了愤怒的老虎，就因为他的队友拍了拍他的脑袋，祝贺他第一次接到了投过来的橄榄球。

如果一个表达喜爱的手势有时候会被当作是一种冒犯，这说明世界上爱的动作是不通用的：它也必须从一种语言翻译成另一种语言，必须经过学习才能正确使用。以越南语为例，可以用一些特殊的词来划分和量化表示爱的动作：有滋味的爱 (*thích*)、无爱之爱 (*thương*)、多情的爱(*yêu*)、心醉神迷的爱（*mê*）、盲目的爱(*mù quáng*)、感恩的爱 (*tình nghĩa*)。简单地爱，不用头脑去爱，是不可能的。

很幸运，我学会了享受托腮休息带来的快乐；我的父母也有幸能够捕捉到我的孩子们对他们的爱，没有一定的程式，可能就是在床上嬉戏时，孩子们情不自禁在他们头发上留下的吻。我只有一次触碰过父亲的头。我们跳船逃离的那一刻，他命令我撑着他的头，跨过栏杆。

我们不知道到了哪里，船一触到陆地就靠岸了。就在船继续往沙滩上前行时，一个穿浅蓝色短裤的亚洲男人朝我们的船跑过来，用越南话冲我们喊叫，要我们跳船，把船毁掉。他是越南人吗？难道在海上挣扎了四天之后，我们又回到了原点？我不记得人群中有谁发问，大家都忙不迭地跳进海水里，就像士兵得到了行动的命令。混乱中，那男人不见了，永远消失了。我不明白自己为什么对那个男人有如此清晰的印象，他踏着海水冲我们跑过来，挥动着胳膊，拳头在空中挥舞，焦急地大喊，但我却听不清楚。我对这个画面有准确清晰的记忆，就像我记得波·德瑞克①的形象，她穿着肉色的游泳衣，从海水里跑上来。不过，那位先生，我只见过一次，只是短短的一瞬间，不像波·德瑞克的那张海报，有

① 波·德瑞克，美国上世纪70年代著名性感女明星。

好几个月的时间，随处可见。

甲板上每个人都看到了他，但没一个人敢确认这件事。他可能是个死去的人，见到过当局把难民船重又驱赶到海上；或者是个幽灵，他的责任是救下我们的性命，以取得通往天堂的通行证。也可能他是个患精神病的马来西亚人。又或者，是地中海俱乐部的游客，想给自己单调的假期来一点儿刺激。

他最有可能是个游客，因为我们登陆的沙
滩，有海龟栖息而受到保护，而且离地
中海俱乐部度假地不远。实际上，海滩曾经是
俱乐部的一部分，以前的沙滩酒吧还在。我们每
天靠着酒吧外墙席地而睡，墙上刻满了名字——
曾在这里停留、像我们一样幸存下来的越南人的
名字。如果船迟上十五分钟抵达，我们的双脚就
不会踏上这片柔软金黄的、天堂般的沙地。我们
弃船而逃的一瞬间，天下起了雨，普通的一场雨
却掀起了大浪，不一会儿，船就被击得粉碎。全
船两百多人默默地望着，雨水加上惊恐，让我们
视线模糊。木甲板在浪尖上一块接一块地消失，
像是花样游泳编排的动作。我肯定，在那短短一
瞬间，我们所有人都相信上帝的存在。除了一个
人。他调转身，想寻回藏在汽油桶里的金条，却
再也没有回来。或许那些金条让他沉没，或许

它们太重了扛不动。再不然，是海浪吞噬了他，
惩罚他回望从前；也是在提醒我们，对抛在身后
的，必须永不后悔。

对这一幕的记忆足以解释，为什么我离开一个地方的时候，从来只带一个行李箱。我只带书。没有什么是真正属于我的。无论是在酒店的房间里，朋友的客房里，还是陌生人的床上，我都可以睡得很沉，就像在自己家里一样。实际上，我总是喜欢搬家：它让我有机会减轻负担，丢掉一些随身物品，这样，我的记忆才有真正的选择；这样，闭起眼睛，只有记忆清晰的事情才会浮现。我更愿意记住我腹部的战栗，我的晕眩，我的混乱，我的犹豫，我的失误……我更喜欢记住这些感受，让我可以按照不同时刻的心情来塑造它们，而如果是具体物件，记忆就变得呆板、冰冷、笨重。

我以同样的方式爱男人，并不希望他们属于
我。那样的话，我只是众人中的一个，不
用扮演什么角色，不必存在。我不需要他们出
现，因为我并不想念不在身边的人。他们总是被
替代，或是可以被替代。如果不是，那我对他们
的感觉可以替代。由于这个原因，我喜欢结了婚
的男人，他们的手指戴着金戒指。我喜欢那样的
手抚摸我的身体，我的乳房。虽然他们身上混合
着各种气味，虽然他们湿漉漉的皮肤摩擦着我的
身体，虽然只是偶然的快感，我喜欢他们，他们
戴着婚戒的手指和他们的过往，让我始终处在阴
影之中，疏离，超然。

我忘记了我在那些艳遇中的细节，只记得某些瞬间的动作：纪尧姆的手指掠过我左脚小脚趾，写下他名字的缩写"J"；米哈伊尔的汗水从脸颊滴下来，落在我的第一节腰椎；西蒙的胸骨下半部凹进去一块，他开玩笑说，如果我在他的漏斗胸里被谋杀，我的呼喊会直抵他的心脏。

多年来，我收集了某人弯曲的眼睫毛，另一个人的一绺头发，得到一些教训，遭遇几次沉默，这里共度一个下午，那里获得某些灵感——我疏于记住每个人的面孔，因此，他们所有人组合成了一个情人。这些男人共同教我如何成为一个爱人，如何陷入爱中，憧憬爱的激情。不过最终，是我的孩子们教会了我如何去爱，这里的"爱"是个动词，是他们定义了这个词。如果早知道爱意味着什么，我就不会生孩子了，因为我们一旦爱了，就会永远爱下去，就像我二叔的现任太太，我的继二婶那样，无法停止爱她嗜赌的儿子——他像个纵火狂，家里的财产都快被他烧光了。

我再年轻一些的时候，目睹二婶跪在菩萨像前，跪在耶稣像前，跪在她儿子面前，恳求他不要一走几个月，而好不容易回来，却是被人用刀架在脖子上押回来的。在成为母亲之前，我很不理解，二婶那样一个生意场上的女强人，精明强干，目光敏锐，伶牙俐齿，却会一次次相信她儿子编出来的谎言和一钱不值的保证。我最近去西贡，二婶告诉我，她前世一定是个无恶不作的罪犯，所以，这辈子才会不停被自己的儿子欺骗。她想停止去爱，她已经厌倦了爱。

我也做了母亲，所以，我对她撒了谎。我没有告诉她，某个晚上，她还在青春期的儿子曾抓住我孩子的手紧贴在他的生殖器上；还有个晚上，他故意把蚊子放进七姨的蚊帐里，而我的七姨是个有心理残疾的人，毫无抵抗能力。在衰老憔悴的二婶面前，我闭上了嘴，我不想看着她死去，她已经爱得精疲力竭。

七姨是我外祖母的第六个孩子。她排行第七，但这个数字没有给她带来该有的好运①。我还是个孩子的时候，七姨有时会在门口等着我，手里抓着把木铲子，准备给我狠狠一击，把她身体里的火气发泄出来。她总是有火。她需要大声哭喊，需要重重地摔在地上，需要靠打人来释放精力。一旦她发出号叫，一屋子的仆人都会丢下手里的水桶、菜刀、水壶、抹布和拖把，一齐冲到屋子的另一头把她按住。如此兵荒马乱的情景，只会增添我外祖母的眼泪。我母亲、我其他的姨妈、她们的孩子们，包括我，也跟着哭起来，变成了二十多人的大合唱，近乎歇斯底里，近乎疯狂。过了一阵子，连我们自己也忘了究竟为什么大哭，而七姨的喊声早已完全被我们的声音盖过了。不过，每个人还是趁机继续

① 西方人相信"7"是个幸运数字。

哭一阵。

有些时候，七姨不在门口等我，而是偷了外祖母的钥匙悄悄溜出门去。她离开大屋，离开我们，在后巷里游荡。在那里，人们看不出或至少不理会她是个疯子。但也有些人，无视她是个疯子，用一片番石榴换取她脖子上的足金项链，或是用几声赞美来和她发生性关系。有些甚至希望能让她怀孕，这样就可以利用孩子进行讹诈。那段日子，七姨和我的心理年龄相当，我们是朋友，告诉对方令自己害怕的事情，分享彼此的故事。现在，她觉得我是成年人了，不再告诉我她出逃或是在后巷里曾经发生的故事。

我那时候也梦想着可以到外面去，和邻居家的孩子们玩跳房子。我妒忌他们，因为自己只能从装着铁条的窗子或是阳台上远远望着。我家的房子四周是两米高的水泥围墙，墙头上嵌着尖锐的碎玻璃，以防盗贼。从我站着的地方看，很难说清楚这高墙是用来保护我们的，还是要阻止我们走进现实生活。

后巷里满是蹦蹦跳跳的孩子，还有用各种颜色橡皮筋编成的绳子。我最喜欢的玩具并不是能开口说"我爱你"的玩偶娃娃。我梦想中的玩具，是带着抽屉的小木头椅子——街头小贩把收来的钱都放在里面——还有她们长长的竹扁担两头挑着的大筐。这些女人沿街叫卖各种口味的米粉，两只大筐里，一头是一大锅汤，下面还点着炭火保温；另一头放着碗、筷子、米粉和调料。有些小贩胸前还吊着个婴儿，每个米粉摊子前的女人都有自己独特的叫卖声。

多年后，在河内，我的一位法国朋友早上

五点钟就起床，为了录下女人们的叫卖声。他告诉我，用不了多久，这些声音就会从街上消失，走街串巷的小贩会放弃米粉摊子，到附近的工厂去打工。所以，他满怀敬意地把她们的声音保存下来，还要我逐一翻译叫卖的内容，然后，根据内容分类：卖汤的、卖大豆奶油的、回收玻璃瓶子的、磨剪刀的、男性按摩的、卖面包的……我们用了几个下午才完成翻译。和这位朋友一起，我懂得了音乐来自每个人的声音、节奏和内心；那些没有记录下来的音乐旋律会拨开迷雾，穿过玻璃与纱窗，如清晨的童谣一般，轻轻唤醒熟睡的人们。

　　他必须起早去录音，因为卖汤粉的小贩大多在早上摆摊。每种汤配搭上相应的米粉：圆米粉配牛肉汤，扁的短米粉配猪肉汤或是虾汤，透明米粉配鸡汤……每个女人都有自己的拿手汤粉，也有自己固定的线路。在格兰比，老师玛丽－弗朗丝要我形容一下我的早餐。我说：汤、米粉、猪肉。她又问了一次，还模仿人刚睡醒的样子，揉揉眼睛，伸伸懒腰。可我的答案总是一样的，间或有些小调整，把米粉换成米饭。其他越南孩子也给出了类似的描述。她之后打电话给我们的父母，确认答案的准确性。时过境迁，我们不再用米饭或米粉做早餐了。直到现在，我也没有找到适合的替代品，所以我很少吃早餐。

在越南，怀着帕斯卡尔的时候，我重又吃上一碗米粉当早餐。我不馋酸黄瓜或是花生酱，只想吃一碗街角小摊上的汤粉。小时候，外祖母不让我们吃小贩的汤粉，怕不干净，因为所有用过的碗都只能在一个小盆子里冲洗。小贩们挑着汤和碗，不可能还随身带着清水。如果有可能，她们会问住家要一些清水。我总是在厨房的篱笆附近等着她们出现，手里端着清水。我愿意用我蓝眼睛的玩偶来换她们的木椅。我那时真该向她们提出来，现在，她们的木椅子换成了更轻便的塑料椅，上面没有了抽屉，也没有了木椅上显现的疲惫痕迹与磨损的纹理。小贩们进入了现代社会，当然，肩膀上依然套着沉重的轭。

我们家第一台烤面包机上，有一面残留着几道红色和黄色条纹，是庞姆三明治塑料袋烫上去的痕迹。在格兰比，搬进第一个公寓的时候，当地赞助人陪着我们采购，他把这小电器列在了主要购买物品清单的第一位。许多年里，我们把它从一个地方搬到另一个地方，却从来没有用过，因为我们的早餐通常是前一晚剩下的米饭或是米粉什么的。慢慢地，我们吃米通当早餐，只是不加牛奶。后来，我的两个弟弟开始加果酱。在过去二十年里，我的小弟弟每天早上烤两块面包，涂上黄油和草莓酱。无论他被派驻到哪个城市，纽约、新德里、莫斯科或是西贡，从无例外。他的越南女仆曾试图改变他的这个习惯，给他蒸糯米团子，上面沾了新鲜的椰茸、烤熟的芝麻和捣碎的花生，或者是法式棍包夹上火腿和自制的蛋黄酱，再不就放点鹅肝酱加几根香菜。可他都一笑置之，始终要吃放在冰箱里的三明治面包。我最近一次去看他，在他的橱柜里发现了我家那台又旧又脏的烤面包机。他背着它从一个国家到另一个国家，那是他唯一随身携带的物品，仿佛那是一个系锚点，或是第一个锚地留下的记忆。

在西贡机场接纪尧姆的时候，我发现了自己的系锚点。他衬衣上散发出的邦斯牌柔顺剂的味道让我掉了眼泪。此后两个星期，睡觉的时候，我都把他的衣服放在我的枕头上。至于纪尧姆，他被空气中的气味彻底迷惑了——菠萝蜜、金橘、榴梿、杨桃，还有苦瓜、螃蟹、干虾、莲花、百合及各种香草。有几次，他去了夜市，各类蔬菜、水果、鲜花在小贩的篮子里换来换去，他们互相讨价还价，声音嘈杂，一片混乱，但总是在可控的范围之内，像是在股票交易所。我陪着他一起逛夜市，常常把他的套头衫穿在我的衬衣外面。我发现，我所谓的家可以归结为北美日常生活普通、简单而常见的气味。我在哪里都没有自己的个人地址，我住在公司在河内的办公楼里。我的书放在了八姑家，毕业证在蒙特利尔我父母的家中，相片在我弟弟那里，冬大衣寄存在前室友家。我第一次意识到，邦斯，邦斯的气味，让我感受到了前所未有的思乡的折磨。

在魁北克的最初几年，我衣服上总有股潮湿的或是食物的味道，因为衣服洗好之后，我们把它晾在卧室里拉起来的绳子上。晚上，每天晚上，我眼前的最后情景都是悬挂在头顶的各种色彩，就像西藏的经幡。有好几年，我呼吸着同学的衣服上随风飘来的柔顺剂的芳香，高兴地嗅着我们收到的旧衣服包裹的味道。那是我唯一想要的味道。

纪尧姆在河内陪了我两个星期。他已经没有干净衣服可以留给我了。接下来的几个月，我不时会收到密封的塑料信封，里面是新鲜烘干的手帕，满是邦斯的味道。他寄给我的最后一个包裹里，有一张去巴黎的机票。我到达的时候，他正等着我，带我去见一位香水商。他想让我闻一闻紫罗兰叶子、鸢尾、蓝柏树、香草和欧当归的味道……其中，最重要的是腊菊花。拿破仑曾经赞美说，那芳香让他闻到了故乡的味道，但在这之前，他从未踏足它的产地。纪尧姆希望我能找到一种香味，代表着我的故乡、我的世界。

在 那次巴黎旅行中，纪尧姆请人为我调制出
了一款香水，从那以后，我再也没有用过
其他牌子的香水。它替代了邦斯。它为我代言，
提醒我的存在。我有个室友，花了好几年时间学
习神学和考古学，希望弄清楚究竟是谁创造了世
界，我们是谁，又为什么存在。每天晚上，她不
是带着答案，而是带着更多新问题回到公寓。我
从未有过类似的问题，只想知道自己会在什么时
候死去。我应该在孩子们出生之前就选好死亡日
期，因为自从他们降生之后，我就失去了这个选
项。他们头发上散发出浓浓的阳光烘晒过的味
道，半夜从噩梦中醒来脊背上的汗味儿，还有他
们离开教室时手上的泥土味，都意味着我必须活
着，被他们睫毛的阴影所倾倒，被一朵雪花所感
动，为他们脸颊上的一颗泪滴而赞叹。孩子们给
了我超凡的能力，我吹吹他们的伤口，就能让疼

痛消失；他们还没开口，我就知道他们想说什么。我掌握着事情的对错，我是个仙女，一个被他们身上的味道迷得神魂颠倒的仙女。

怀亚特非常喜欢袄黛[①]，因为这种服装让女性显得身姿妙曼、漂亮而浪漫。有一天，他带我去一栋大别墅，别墅前面原本有个大花园，现在建成了一排售货亭。那是两位老姐妹的家。她们正悄悄地变卖家具，以保障日后的生活。怀亚特是她们最忠实的客户，所以，老姐妹请我们躺在一张硕大的桃花心木床上——就像我爷爷躺过的那种床。我们头枕着陶制靠垫休息——以前这里躺的是抽鸦片的人。主人为我们端来茶和腌制的甜姜片。当她弯下腰，把茶杯放在我和怀亚特中间的时候，一阵微风吹过，撩起了她旗袍的一角。虽然已经六十岁了，她身上性感的旗袍还是触动了我们。那无意间裸露出的一平方厘米肌肤，像是在嘲讽号称能摧毁一切的时

[①] "袄黛"，即越南旗袍，18世纪早期按清朝满人所穿的旗袍和长衫所改，成为越南的国服，现也常用作女学生的校服。

间：它依然让我们心跳加速。怀亚特说，那一小片肌肤是他的金三角，是他的快乐岛，是他自己的越南。他啜着手中的茶，喃喃地说："它搅动了我的灵魂。"

北方的战士抵达西贡时，也被那一小片肌肤搅动得心神不宁。身穿白色袄黛的女生，如春天的蝴蝶从学校里拥出来，让他们备受煎熬。很快，女孩子们被禁止穿袄黛，因为它让英勇的女战士们黯然失色——每个街口都有巨大的广告牌，上面的女战士头戴绿军帽，卷起卡其布衬衣的袖子，露出粗壮的胳膊。他们当然要禁止袄黛。穿袄黛要比脱袄黛多花三倍的时间——这不奇怪，因为一个麻利的动作就能把按扣解开。而我的外祖母，她可不止花上三倍，而是十倍的时间，才能穿好袄黛。在生完十个孩子之后，她必须系上束腰带，一一扣好上面的三十多个铁钩和扣眼，才能束紧她的身体，恢复原先的体形，这样才对得起精心设计和剪裁的袄黛——貌似端庄，却明白无误地充满诱惑。

外祖母现在年龄很大了，但依然美丽，一种奢华的美，像个女王。四十来岁的时候，她坐在西贡大宅的客厅里，尽展那个时代的美丽与堂皇。每天早上，成群的商贩等在门口，急于向她展示手中的宝贝。他们中的大部分人都知道她喜欢什么，他们带来各类陶瓷器皿，刚从欧洲运到的塑料花，当然，还有给她六个女儿的乳罩。正赶上国家战乱，市道不太平，最好能及早打算，比如多换上些钻石。在我们熟悉的女人圈子里，每个人都有个放大镜，专门用来鉴定钻石。我很小的时候就学会了辨认钻石上的杂质，女孩子以后要处理家庭财务，这是必需的技能。当时的银行系统很落后，也不稳定，女人必须懂得适时买卖金条和钻石，以保住积蓄。外祖母能一连几天不挪窝，处理这类杂事。在与商贩们见面的空当，她还招待朋友，或是面试前来找工作的妇女。

　　外祖母那时天天都在处理这些日常琐事。她信佛，却没工夫坐下来拜一拜菩萨。而当市面上的小贩和商品都被清理干净，当北越房客没收了她保险柜里的东西和蕾丝披肩，她学着穿起了长长的灰色道袍，像个虔诚的佛教徒。她头发花白，随意梳到脑后，挽一个髻，但依然美得惊人。她无时无刻不在念佛，坐在缭绕的香火之中，等待她从海上逃亡的孩子们的音讯。尽管前景不明，她还是让自己最年幼的两个孩子，一男一女，跟着我母亲乘船逃离。母亲要她做出选择，要么让她儿子冒险出逃，死在海上，要么让她儿子被政府送去柬埔寨打仗，被地雷炸成碎片。必须悄悄地做出选择，毫不犹豫，毫不颤抖，不大汗淋漓。可能是为了缓解内心的恐惧，她开始烧香拜佛。也许是为了沉醉在香火中，她此后不再离开神龛。

我在河内的时候，街对面的邻居每天早上也拜佛，从黎明时分开始，一坐几个小时。但是，和我外祖母不同的是，她房间的竹丝编的窗子正对着大街。她诵经的声音，平稳而持续不断的木鱼声，都清晰地传出来。一开始，我想搬家，也提出过抗议，甚至偷了她的铃铛，砸成碎片。可几个星期之后，我不再诅咒那个女人，因为我外祖母的形象时常萦绕在我眼前。

　　在极度担惊受怕的那几年，外祖母时常躲进寺庙。绝望中，她甚至不惜让我七姨开车送她去。七姨完全不知道怎么开轻便摩托车，没人教她，况且，她本不该出门的。只是，自从生活，包括她的生活，陷入彻底混乱之后，一切规矩都改变了。对头脑不清的七姨来说，家庭核心发生骤变，给她带来了某种自由和成长的机会。某一天，现实逼着她发动起那辆被弃置在后院的轻便摩托车。外祖母跨上后座，七姨发动起车子。她开啊，开啊，从不换挡，从不停下来，甚至遇到红灯也不停。她后来告诉我，看到交通灯，她就把眼睛一闭。而我外祖母呢，把手放在女儿的肩膀上，祷告。

我倒是希望七姨能告诉我，她如何在修道院里生下了那个孩子。我不知道她是否清楚四姨领养的那个男孩实际上是她的。我不记得我是怎么知道这件事情的。可能是乘着大人不注意，孩子们在门口偷听来的；也可能是大人们没有留意到有孩子在场。我父母不管孩子，而是让保姆来监督我们。只是他们忘记了，保姆也是年轻女孩：她们也有欲望，想吸引车夫的目光和裁缝的微笑；有时候，从镜子看着自己，也会梦想着成为里面反射出的背景的一部分。

　　我一直有保姆，可她们有时候会把我丢在脑后。在童年时代的相片里，我时常看见她们，在某个角落，焦点模糊，我已不记得其中的任何一个。

离开曼谷回到蒙特利尔的家没多久，我儿子
帕斯卡尔就彻底忘记了他的泰国保姆列
克。在两年的时间里，除了偶尔休假，列克每星
期七天，每天二十四小时照顾他。列克从见到帕
斯卡尔的第一眼就喜欢他了，带着帕斯卡尔向邻
居们炫耀，仿佛是她自己的孩子，最漂亮最宝贝
的儿子。她那么爱他，连我都替她担心，担心她
忘记了，早晚有一天他们要分开，我们会离开
她。而更令人伤心的是，我儿子可能完全不记得
她。

列克只会说几个英文单词，而我也只能说
几句泰语，可我俩照样能长时间聊天，八卦公
寓楼里的住客。最戏剧化的一幕发生在一个美
国人身上。他三十多岁，住在九楼。有一天下班
回家，他发现房间里到处是羽毛和苔藓，他的裤
子被剪成了两半，沙发被划开，桌面被割花，窗

帘被撕成了碎片。这是他月度情人的杰作。同居了三个月后，他把她辞了。他不该超过一个月的期限，因为情妇对爱情的期望会与日俱增，虽然每星期五她付出的"爱"都会得到报酬。为了避免日后如此巨大的失望，他或许也不该邀请她去参加那些晚餐聚会。她在餐桌上竭力保持微笑，却听不懂他们在谈论些什么。她只是餐桌上的点缀。她喝着法式奶油浓汤，心里却非常渴望吃上一口绿木瓜沙拉，再拌上朝天椒酱，那种辣酱能把你的嘴辣成几瓣，灼伤你的唇，点燃你的心。

我总是建议来亚洲的外国人，最好一次性买春。为什么要在疯狂一夜之后，坚持要你的越南或是泰国情人陪吃早餐呢？那些女人更愿意你把饭钱折成现金付给她，那她就可以给母亲买双新鞋，或是给父亲换个床垫，或是送小弟弟去读英语课程。为什么渴望她们在卧榻之外也陪伴着你？她们的语言有限，除了在床上，无法与你交流。但那些外国人却告诉我，我什么也不懂。他们要年轻女孩陪伴，是基于完全不同的理由——想重拾自己的青春。看着年轻的女孩，他们会想起自己年轻的时候，充满梦想和希望。那些女孩子让他们以为自己还没有把生活弄得一团糟；或至少让他们有了重新再来的力量和渴望。没有了她们，他们会觉得梦想破灭，内心悲伤。悲伤于自己没有真正地爱过，也没有真正被爱过。他们之所以幻想破灭，是因为钱并没有给他们带来幸福，除了在某些国家，付五美金，就可

以得到一个小时的快乐，或至少是温情、陪伴和
关注。付上五美金，他们可以得到一个妆容粗陋
的年轻女子，一起喝杯咖啡或是啤酒。她大笑起
来，是因为那个男人用越南语说了"尿尿"而不
是"辣椒"，这两个词的唯一区别是有个重音不
同，对于未经越南语训练的耳朵来说，几乎无法
察觉。一个重音换来一瞬间的快乐。

有天晚上，我尾随一个男人走进一家餐馆——他有一对刀削般的耳垂，像极了曾在我家西贡大屋里住过的一个北越士兵。透过两块隔板中间的缝隙，我看到一间密室：六个女孩子，全身赤裸，靠墙一溜站着，穿着高跟鞋。她们脸上化着浓妆，身材纤细，在闪烁不定的荧光灯下浑身颤抖。六个男人在她们当中寻找目标，各自把一张百元美金卷紧，卡在橡皮筋上，拉起来弹射出去。钞票以疯狂的速度，穿过烟雾缭绕的房间，落在了女孩子光洁的皮肤上。

在越南的时候，我身着时装师设计的套装，脚穿高跟鞋，可还是有人以为我是老板的陪伴女郎；最初几个月，我觉得那是种恭维，意味着我还年轻、苗条、娇嫩。可是，目睹女孩子们不得已弯下腰，捡起射到脚边的钞票之后，出于对她们的尊重，我不再感到得意。在梦幻般的身体以及青春背后，她们承担了越南历史中无形的沉重，就像那些驼背的老妇人一样。

就像有些女孩的脸皮太薄，无法承受这种沉重，我在他们第三次射出纸币之前离开了。离开了那家餐馆，耳朵里听不见任何声音，倒不是因为觥筹交错的喧哗，而是被纸币弹射到女孩肌肤上不易察觉的声响所震撼。我离开了餐馆，满脑子想的都是留在里面的女孩子坚忍的沉默，她们敢于向堕落挑战，让金钱失去力量。她们是不可侵犯的，无法征服。

我在蒙特利尔或是其他地方遇到过一些女孩子，她们有意甚至是故意伤害自己的身体，想在皮肤上留下永久的伤痕。我心里很希望她们能与另一些女孩子见上一面，后者身上永久的疤痕那么深，深得肉眼无法察觉。我希望能让她们面对面坐下，听她们对比这两种疤痕：一种是主动想要的，另一种是强加的；一种是付出的代价，另一种是得到的报偿；一种看得见，另一种无法分辨；一种异常敏感，另一种深不可测；一种憔悴疲惫，另一种畸形扭曲。

七　姨的下腹也有一道疤痕，那是她有一次在混乱的后巷冒险带来的痕迹。她在卖冰块与卖拖鞋的小贩中间慢慢走过，两边是正吵架的街坊、愤怒的主妇和色迷迷的男人。这当中的哪个男人是她孩子的父亲？没人敢问她这个问题，家人甚至要对她撒谎，不告诉她怀孕的真相；为了遮掩她日益隆起的肚子，还把她送进了小鸟修道院，和修女们一样穿起了长袍。修女们称她为约塞特，教她如何用粗圆点字母拼写自己的名字。约塞特一直不明白她为什么会变得那么胖；还有，为什么有一天，她从昏睡中醒来，发现自己又变瘦了。她唯一知道的是，四姨领养的男孩儿，一有可能就逃，像她一样。那孩子快速穿过那些街巷，手里拿着拖鞋，想让脚板感受到炎热的地面、软软的粪便和尖利的玻璃碴儿。他整个童年时代都在跑。他小的时候，家里其他的孩子，十个，十五个，甚至二十个孩子，无论年纪大小，我们每个月都要在附近转悠，找寻他的踪迹。有一天，所有人都空手而回，我们没有找到他，仆人和邻居们也一样。他离开了我们的生活，莫名地走了，正像他莫名地来。他唯一留下的纪念品，是他母亲耻骨上方的那道疤痕。

我儿子亨利也逃跑。他一有机会，就会穿过高速公路、大街、小巷或是公园，一直跑到河边。他跑向这些河水，河水不变的节奏和不断的波浪能给他催眠，让他安静下来，给他提供保护。我已经学会了在他身后做个影子，这样我就可以跟着他，而不干扰、妨碍和侵扰他。可有一次，我分了神，只一秒钟工夫，就见他箭一般冲向马路上的汽车，那种兴奋和活力前所未有。我被吓呆了，一方面惊诧于他表现出来的快乐，如此罕见，如此出人意料；而另一方面，又怕看到他的身体被汽车挡风板抛上天空。我是否应该闭上眼睛，慢下脚步，避免看到痛苦的一幕，以便让自己有勇气活下去？内心的母爱折磨着我，让我的心膨胀起来，又忽然瘪了下去，几乎要从胸口跳出来。说时迟，那时快，只见我的大儿子帕斯卡尔不知从什么地方忽然冲出来，一把将弟弟拽上马路中间新修剪的草坪。帕斯卡尔像天使一样倒在弟弟身上，他的小腿胖乎乎的，两颊粉红，小小的拇指翘了起来。

我因高兴而哭，一手牵着一个孩子往回走；但我也因痛苦而哭，为一位越南母亲而哭——她亲眼目睹儿子被处决。在死之前一小时，她的小儿子还在风中跑着穿过稻田，把消息从一个人传给另一个人，从一只手递到另一只手，从一个隐藏点传到另一个隐藏点，要大家准备革命，为抵抗运动尽自己的一分力，当然，有时候也顺路帮情人们带个口信。

小男孩儿在奔跑中度过童年。他看不到真正的危险——自己有可能会被敌军抓获。他只有六岁，或者七岁。他还不识字，他所知道的就是把交给他的纸团紧紧地攥在手心。可是，他被抓住了。面对着对准他的来复枪，他都忘了要跑去哪里，要送信给谁，甚至忘了自己是从哪里来。慌乱中他说不出话来。士兵们让他永远沉默了，他瘦弱的身体倒在泥土里，士兵们嚼着口香糖离开了。他的母亲狂奔过稻田，一路上，儿子的脚印还那么新鲜。划破寂静的枪声还在回响，田野却已经恢复了往昔的平静。微风继续轻抚着稻田里的青苗，冷冷地面对骨肉分离的残忍，母亲欲哭无泪、欲喊无声，她用旧垫子收起儿子半截还埋在泥里的身体。

我强忍着哭泣，以免打乱缝纫机催眠式的响声。父母在车库里放着一排缝纫机，表弟们也和我们姐弟一样，放学之后缝衣服，赚些零花钱。我们的眼睛专注于机械而快速移动的缝纫机针头上，无法看到彼此，所以，我们之间的聊天经常像是在自言自语。表弟们当时只有十来岁，可因为出生于物质极度匮乏的西贡，成长在越南最黑暗的年代，已经有了可供回忆的过去。他们一边嘲笑，一边向我讲述如何为男人们手淫换得一碗价值两千盾的汤粉。他们毫不避讳，自然而诚实地讲述着那些性行为，好像卖淫只是成年人之间的金钱交易，与他们这些六七岁的孩子无关，他们做这种事情，只是为了换一顿一毛五分钱的饭。我听着他们讲述，没有回头，继续踩着缝纫机，也没有评论。我想保护他们言谈间的纯真，不愿因为我对他们行为的评论而毁掉那分坦诚。正是这分纯真，让他们在蒙特利尔和舍布鲁克读了十年书之后都成了工程师。

我开车送表弟们去舍布鲁克大学，回来的路上，在一家加油站，一个越南人走近我，说他认出了我胳膊上接种疫苗留下的疤痕。看到我的疤痕，他的记忆回到了从前，仿佛看到孩童时期的自己，走在蜿蜒的泥路上去上学，胳膊下面夹着块小黑板；看到我的疤痕，他就知道，我们都曾见到过新年期间，每户人家大门前李子树上盛开的黄色花朵；看到我的疤痕，他又闻到了把砂锅直接放在炭火上，慢慢炖着的红烧鱼加辣椒发出的香味儿；看到我的疤痕，我们耳朵里就听到了竹条在空气中挥舞，打在孩子们背上的声音；看到我的疤痕，他就想起，我们来自赤道的根，要移植在这片覆盖着积雪的土地上，重新发芽。在那一瞬间，我们都意识到了自身的矛盾和混合状态：一半这个，一半那个；什么也不是，又什么都可能是。皮肤上的一个疤痕和我们共同的历史，在高速公路出口处加油站的两个油泵之

间延伸。他的手臂上文了一条深蓝色的龙，遮住
了疫苗疤痕，我无法看见。他一只手抚摸着我大
胆地裸露出来的疤痕，另一只手抓起我的手指放
在他的龙背上，我们的心灵立即就相通了，变得
非常默契。

我们一大家子人聚集在纽约上城庆祝我外祖母八十五岁生日，那一刻，我们体验到了心灵的相通和交融。我们三十八口人，整整两天，一起谈论八卦，叽叽呱呱说个没完，相互斗气。也是在那次，我第一次留意到，我和六姨有着同样圆滚滚的大腿，而我穿的礼服和八姨非常相似。

八姨就像是我的大姐姐，曾经和我分享她如何瞒着我母亲、坐在一个男人的自行车横梁上出游的故事。她告诉我，那个男人的手臂如何搂着她，对她耳语，称她为女神，让她浑身都酥软了。同样是她，向我展示过如何从稍纵即逝的欲望、短暂的恭维和片刻的偷闲中捕捉到快乐。

当表姐少楣坐在我身后，拥抱着我，让她

的两个儿子为我们拍照的时候，我的九舅在一旁微笑。九舅比我自己还要了解我，是他给我买了第一本小说，第一张戏票，让我第一次参观博物馆，第一次出门旅行。

少楣现在是个成功的女商人，公众人物，摩登女王。那时候，西贡一星期里有五天会停电，她于是要靠两只手来搅拌一打一打的鸡蛋——她曾为新上台的领袖制作过生日蛋糕。她骑着自行车给客户送蛋糕，就像个杂技演员，在自行车流中歪歪扭扭地行进，还要避开冒着黑烟的摩托车和被偷掉盖子的沙井。现在，她的蛋糕店也卖冰激凌、甜点、巧克力和咖啡，遍布从南到北各个大城市的每一个社区。

我依然是少楣的影子。可我喜欢这样，因为，在越南的日子里，作为她的影子，我在谈判桌上东拉西扯，令她的生意对手分神，让她有时间深思熟虑。因为是她的影子，她可以在我面前倾吐她的担忧、恐惧、怀疑而不会觉得丢脸；因为是她的影子，我是唯一敢进入她私生活的人。自从她把发霉的面包烤成焦炭，再磨成粉，做成所谓的"咖啡"；自从她在自己住所对面的马路上开始叫卖这些"咖啡"；自从她连房间的窗子都拆下来卖掉之后，她就把这部分生活紧紧密封起来了。而我，没有经过她首肯，再次点燃了她的激情——连她自己都以为，在重重面具之后，那种激情已经消失殆尽。我还让轻松自娱的琐事重新回到了她的生活，她的孩子们在我的阳台上相互扔掷奶油蛋糕；我把他们藏在一个装满五彩纸屑的大纸箱里，等在房门外，少楣一早醒来，孩子们跳出来祝她生日快乐；我还在她的公文包里放过一条红色的皮质丁字内裤。

我喜欢雪茄酒廊里红色的皮沙发，乘人不注意，我敢在朋友，有时甚至在陌生人面前，脱得一丝不挂。我讲述昔日点点滴滴的生活，仿佛在讲述闲情逸事，或是脱口秀的桥段，或是有趣的童话——它们来自遥远的地方，带着异国情调的风景、奇特的音响效果以及夸张的人物。坐在雪茄酒廊，我忘记了作为亚裔，自己缺乏脱氢酶，无法让酒精新陈代谢；我忘了自己臀部曾有过的青色胎记，像因纽特人①，像我儿子，像所有拥有亚洲血统的人；我忘了那块蒙古胎记显示的基因记忆，因为在我童年的时候，它就消失了，而我的情感记忆也失踪了，消解了，在时空中模糊了。

① 因纽特人，即爱斯基摩人，生活在北极地区，分布在从西伯利亚、阿拉斯加到格陵兰的北极圈内外，属蒙古人种北极类型。

那种超脱，那种疏远，那种距离，让我买下了一双高跟鞋，它的价格可以抵得上我故乡一个五口之家一年的伙食费。而我，非常清楚地意识到自己在做什么，却没有任何愧疚。推销员只是保证说"走起来如行云流水"，我就买下了它们。如果能飘在空中，和我们的根分离——不仅是横渡大洋，跨越了两大洲，而且，远离了我们作为无国籍难民、身份认同困难带来的危机感——我们就能对那只粉红色手镯的下落一笑置之。父母把那只假牙牙床颜色的手镯当成了救急包，把所有的钻石都藏在了里面。可谁会相信，在我们逃过了被淹死、被海盗打劫、患上痢疾死去的危险之后，那只手镯今天还会完好无损地埋在某个垃圾场里？谁能想到，盗贼居然连我们这样不幸的人住的公寓都不放过？又有谁能想到，有人会偷走那么可笑的粉色塑料首饰？家里的人都深信，清理赃物的时候，盗贼会随手把它扔到一边。可能有一天，几百万年之后的某一天，考古学家会大惑不解，为什么钻石被排成一小圈，放置在地下。他可能把这种现象解释为某种宗教仪式，钻石是神秘的祭品，就像在南中国海深处发现的数量惊人的金条。

等塑胶在泥土里腐烂，等时间的年轮转动上几千次，在几百个地层之下，绝对没有人知道粉红色手镯的真实来历。你看，才过了三十年，我就要通过记忆的碎片，通过疤痕，通过微弱的光亮来认知我们自身了。

30 年间，少楣如凤凰涅槃，浴火重生，如越南从铁幕下走出来，如我父母从清洗的马桶前站起来。我过去认识的所有人，无论是个体还是群体，都抖落了身上的尘土，抖动红色以及金色的美丽翅膀，冲向蔚蓝，装点着我的孩子们的天空，向他们展示，地平线后面总隐藏着另一道地平线，不断延伸，直到永远，直到重现无法言说的美丽，直到感受无形的欣喜。对我来说，这一切都是真的，及至这本书成为可能，及至我的文字滑动在你蜿蜒的唇边，及至在一张张白纸上描绘我的人生——或者应该说，是描绘那些走在我前面、为我开辟道路的人们。我像做梦一般，跟随着他们的足迹向前，牡丹的香气不再只是一种味道，而是鲜花盛开；秋天深红的枫叶不再是一种色彩，而是一种恩赐；国家不再是一个地方，而是一首摇篮曲。

同样，伸出的双臂不再是个动作，而是爱的时刻。这一刻延伸到入睡，延伸到醒来，延伸到每天的生活之中。